U0017660

金庸的武林1

曾經江湖

金庸，為武俠小說而生的人

楊照 著

知音推薦

詩，可以興，觀，群，怨，多識於鳥獸草木之名；讀金庸小說也可以的。年輕時，它甚至是我的交友寶典，辨識人格、性情，確認「理想型」男友的測驗題庫。重讀金庸，似乎隨時隨地，可從任一冊、任一段落開始。但是楊照的重讀金庸，是沿著著作的時間軸，有脈絡的，慢讀金庸。對於江湖新鮮人，這是一部極好的金庸導讀；而對於早已熟讀金庸者，更是一部可默默與之對話、切磋，不時擊節，啊，茅塞頓開！或很想要擊掌的知音之書。

——作家 **宇文正**

金庸百年，江湖再現。楊照新著重讀金庸武俠作品，不忘回首青少年時快速、隨意的亂翻書，此際更現身說法，逐章示範如何平心靜氣讀金庸——全面、系統、反思、比較式的細察慢讀。作者融會貫通文本分析，歷史地理，人物傳記，報業傳奇，影視改編，考據評論。在儼然構架、精妙文字中，全書再訪江湖武林，細說人情世故，辨析敘事譜系，探詢經典形成。在喧嘩巨變的時代，楊照招魂那位講故事的人，重整金庸筆下的山河歲月。

——學者、美國羅格斯大學亞洲語言文化系 **宋偉杰**

什麼叫俠？「群」、「我」之辨。

那些為了自身武功、地位、名聲、財富而去騙、爭、搶、奪的人，不俠。

蕭峯願以一人之死換取眾人之生，這般決斷叫「俠」。

郭靖畢竟為堅守襄陽而死，這回終局叫「俠」。

張無忌為調解明教與各派舊隙，將殺親之仇撇到一旁，這個判別叫「俠」。

令狐冲對尼姑避之唯恐不及，卻能在困難中扛起恆山掌門，這樣挺身叫「俠」。

韋小寶明辨小玄子能行王道，能為群體謀福，這片認知叫「俠」。

謝遜、鳩摩智、金輪法王終究覺醒悔改，這場徹悟叫「俠」。

楊照老師傳遞俠情，這套書寫叫「俠」。

——相聲瓦舍創辦人 **馮翊綱**

序言——重讀金庸的奇異旅程

金庸是好幾代人的共同記憶，雖然提到金庸，每個人心頭浮上的印象或畫面可能很不一樣。有人立即想到的是古墓裡睡在一根繩子上的小龍女，有人眼前出現了瘋瘋癲癲、左手和右手打架的周伯通，有人則為了喬峯和中原群豪飲酒絕交的氣概而情緒激動……

有些人透過文字閱讀來認識金庸，可能有更多人是透過觀看影劇作品。如果是從影劇而來的經驗，又會牽涉到不同時代、不同地區的不同改編劇情、不同演員形象、不同武打表現方式……

這些都是金庸，更準確地說，都是來自金庸所創作的武俠小說。對大部分讀者來說，金庸的主要身分是武俠小說作者，但必須特別強調的——金庸不是一般的武俠小說家。

在金庸之前，武俠小說早已存在。武俠小說是帶有高度娛樂性質的「類型小說」，吸引了龐大的寫作隊伍投身其中，寫出了數量驚人的眾多作品。金庸寫武俠小說只有不到二十年的時間，到他寫完《鹿鼎記》封筆後，武俠小說這種類型創作也還在，又出現了許多作品。然而，在金庸之前的武俠小說，大部分沒有讀者了，作者和其作品幾乎被遺忘了；在金庸之後，照理說那些離我們更近的武俠小說，也紛紛從大眾的注目眼光中消失了，只有金庸還在。

小學時，我就開始在報紙副刊上讀連載的武俠小說，中學有了一點零用錢，就到租書店搬更多武俠小說來讀，相對地，要更晚些，上了高中之後，才有機會讀到金庸的作品。那時候，我甚至不知道那些小說是金庸寫的。戒嚴時期的台灣，金庸被歸為「左派報人」、「左派文人」，他寫的書要被查禁，於是讀到的都是盜版書，封面上隨便放了別的作者名字，用以規避檢查。

當時我已讀過不少的武俠小說，立即感受到這幾部作品很不一樣。那時候說不出、也說不清到底哪裡不一樣，正因為太熟悉武俠小說的表現套路，一下子就對不同於套路的金庸小說寫法感到著迷。

這個衝擊印象在我心中擱放了將近四十年，一直到二〇一八年，那一年金庸去世，掀起了一陣討論風潮。我相信許多人都受到召喚，不只重溫記憶，還會想要重讀金庸的作品。我也有一股衝動想要重讀，而且我讓這份衝動實現了，不只如此，我還懷抱著強烈的問題意識，開展了這次的重讀。

我的問題是：第一，過去我對金庸的著迷，有多少是來自年少時的環境與閱讀經驗？這點令人忐忑不安，我想要認真檢視一下，經過多年閱讀小說、詮釋小說，甚至評論小說的視野累積，對於小說寫作的看法必然比以前成熟許多，我還會覺得金庸小說是好小說，具有擺脫武俠類型的開創性，甚至恆久價值嗎？還有第二，如果金庸真的不一樣，又是如何不一樣？

從一九七二年之後，四十多年的時間裡，金庸沒有再寫過任何一部武俠小說，然而二〇一八年他去世時，竟然在華文世界形成了討論熱度最高的話題現象。我不得不打心底問：為什麼金庸沒有被遺忘？為什麼他在五、六十年前創作的小說，到今天還如此火熱？更重要的，金庸小說真的經得起時代變遷帶來的考驗，繼續存在下去嗎？

容我先簡單地總結這次重讀金庸的體會：金庸的武俠小說真的不一樣，真的寫得好，不只是好看，而且經得起仔細推敲，是有基底、有厚度、有設計、有技巧的好。之所以能得到這樣的結論，那是因為我有意識地採取了不同於以往的閱讀方式。

*

以前讀金庸，逃不過三種態度，那就是「少」、「快」、「亂」，而這三者又彼此連動，互相影響。最核心的因素是「少」，年少的「少」。我在年紀很小的時候就接觸、著迷於武俠小說，然後又遇到了金庸的作品。那時候，包括金庸作品在內的所有武俠小說，都被當作消閒書，不只是課外讀物，還是觸犯學校規定、不被師長允許的「毒物」。在這種情況下，不可能好好端坐著讀，經常需要躲躲藏藏。書能到手的管道也不穩定，環境充滿了禁制，於是拿到一本算一本，在被發現、沒收之前，能讀多少算多少。

在同學、朋友手上流傳的小說，或是在租書店裡按日計費租來的小說，也沒得計較，不可能有什麼閱讀計畫，想著可以先讀哪本、後讀哪本。一部小說往往分成好多冊，都不見得能夠從第一冊讀到最後一冊，拿到哪冊就看哪冊吧！

那真是「亂」，而且是亂到荒唐的地步。像是金庸的「射鵰三部曲」——《射鵰英雄傳》、《神鵰俠侶》和《倚天屠龍記》，在我們的閱讀經驗中，很多人非但不是照這個次序讀的，甚至從來沒弄清楚過角色和情節的前後關連。

「少」、「快」、「亂」的閱讀方式，不單是我自己有過的經驗，毋寧是武俠小說流行時代的共同印記。離開了這樣的因素，我們會從金庸小說裡讀到什麼？

這一次，我刻意逆反原本的習慣，盡量放掉過去的印象，以「老」——帶著世故認知和對小說的純熟理解——的態度，來重讀金庸。從前看得「快」，這次反而有意放「慢」速度，不只仔細地讀，同時帶著分析思考的強烈動機來讀。以往「亂」讀一氣，得到某種恣意的快感，這次卻要有系統地讀。最簡單的系統，就是按照金庸小說創作的先後順序讀下來，從一九五六年完成的《書劍恩仇錄》開始，一路讀到最後的《鹿鼎記》。

與「亂」相反的，還有在事先蒐羅了許多相關資料，關於金庸其人、他的寫作經歷、他所處的環境，以及在他之前就已經存在的武俠小說系譜，乃至他停筆之後，武俠小說的後續變化。將金庸的十四部小說放入這個脈絡中，予以對應查考，以求讀出更立體、更豐富的內涵。

世故、仔細、有系統地將金庸小說完整地讀過一遍，先告訴大家我最強烈、最深刻的感受——這趟閱讀旅程太有收穫了，金庸小說比我原先認定、想像的還更了不起。

*

金庸在十七年的時間裡，創作出八百多萬字的武俠小說，光是量就很驚人了。如此快速寫作完成的過程中，竟然還能不斷突破，創造了自己之前作品寫不出的新技巧、新層次、新境界、新意義。

例如在相對篇幅較小的作品《雪山飛狐》中，金庸動用了類似舞台劇的技法，讓一個個角色次第說話，他們的對話圍繞著一個綽號叫「雪山飛狐」的人，講述他的身世、猜測他前來尋釁的動機，一起等待著他的出現。這裡的戲劇效果是眾聲相應，彼此補充又互相更正，在講述、討論、猜測乃至爭辯之後，「雪山飛狐」胡斐才上場。胡斐當然是主角，只是他上場沒多久，小說就結束了。

我們不只沒有在其他武俠小說中看過這種寫法，也不曾在金庸自己以往的作品中看過類似的形式。

又例如，金庸寫了那麼多讓人印象深刻的女性角色，黃蓉那麼嬌巧、小龍女那麼癡、周芷若那麼有心機。可是對於周芷若的心機，讀者不會因此討厭她，而是能夠理解她、甚至同情她。金庸小說裡的女性角色各有各的個性，各有各的千迴百轉的感情與心思。就是靠著寫出這些不一樣的女角，原本以男性為主要閱讀對象的武俠小說，才能爭取到大量的女性讀者。

更值得注意與敬佩的，不論如何突破、創新，金庸總有辦法讓他的小說抓住讀者的胃口，讓讀者喜愛。過去，我們在「快讀」中得到巨大的娛樂消遣；現在，我可以負責任地向大家保證：不妨「慢讀」金庸，當作文學作品來讀，也能找到其中獨特的、原創的價值。

從前的武俠小說慣常以連載方式來發表與創作，一部大長篇故事每天只寫一小段，天天寫，一段一段連接起來，可能要一兩年才寫得完。邊寫邊連載的過程中，很多作者照顧不到讓故事情節前後統一，更不必提要如何設計、推進小說架構了。可是金庸的許多作品卻呈現了井然的結構，讓你不得不相信，在動筆之前，金庸已經將未來兩年內要寫的內容，都想得清清楚楚了，然後以近乎不可思議的耐心與毅力，執行、實現那份設計藍圖。

《倚天屠龍記》當然是大長篇，在結構上明明白白地分為前、後半部。前半部以金毛獅王謝遜奪取屠龍刀為軸線，寫到張無忌在冰火島出生，再到張無忌隨父母回武當。從結構角度看，漫長的前半部是一步一步、小心緊密地鋪陳，幾乎沒有浪費任何事件，也沒有矛盾之處，全都導引向「六大派圍攻光明頂」，合理地讓中原六大門派聯合起來，又合理地讓張無忌一個人代表明教，對抗並戰勝了六大門派。

到了下半部，張無忌已經是明教教主，也練就了絕世神功，小說還能寫什麼呢？於是金庸轉換了重點，讓趙敏上場，主題變成了張無忌如何完成他的情感教育。他要學會什麼是人情、什麼是世故，這是武功蓋世的張無忌必須面對的人生考驗。

再進一步，如果將「射鵰三部曲」連貫起來，從大架構上看，某種主題就會浮現出來，那就是：何謂「正邪」？「正」與「邪」究竟要以什麼標準來劃分？一般的標準真的能說服我們嗎？其中碰觸到社會評斷機制，展開了關於正義觀念的堅實討論。

在這套書裡，我將依照金庸的創作順序，為金庸十四部小說做逐一評析，讓大家明瞭：金庸小說為何經得起文學方法的探究，以及金庸龐大且驚人的創造力，是如何落實在他的武俠作品中。藉由這種方式，我們或許可以體會，為何讀過金庸小說之後，很難再從其他的武俠作品中得到滿足？以及，為什麼金庸寫完《鹿鼎記》已過了五十年，卻一直沒有見到能超越金庸、超越《鹿鼎記》的其他武俠作品？

讓我們好好地重新認識金庸和他的武俠小說。

東邪西毒簫箏相鬥
——《射鵰英雄傳》

目錄

第三章 《書劍恩仇錄》歷史武俠的嘗試

‧第六章‧

《神鵰俠侶》問世間情是何物

第一章

金庸

為武俠小說而生的人

01 少年金庸，戰爭中的求學

金庸小說作品生成的歷程，必須從他的生平來理解。金庸一九二四年出生於海寧查家，本名查良鏞。海寧查家是明清以來的望族，金庸在他的第一部武俠小說《書劍恩仇錄》裡，刻意透過陳家洛這個角色，書寫乾隆皇帝傳說中的身世，其目的就是為了突顯海寧查家的歷史地位。

查良鏞生長於大地主世家，但到了他十三歲的時候，即一九三七年，日軍入侵江南。南京大屠殺之後，日軍再往南侵襲，從江蘇進入浙江。在嘉興讀書的查良鏞開始了流亡學生的生活，跟著學校逃亡期間，途經麗水、衢州，一路完成初中及高中學業。

查良鏞的求學生涯頗為坎坷，就讀中學時曾被退學一次，大學時又被退學一次。他在流亡中學念書時，學校最重要、最權威的人物不是校長，而是訓育主任。

在那樣的環境下，查良鏞寫了一篇諷刺、影射小說《愛麗絲漫遊記》。小說的靈感當然來自《愛麗絲夢遊仙境》（*Alice's Adventures in Wonderland*），但他描寫的是愛麗絲來到中國，造訪了自己就讀的流亡中學，遇到了一條眼鏡蛇。這條眼鏡蛇一直追著愛麗絲，愛麗絲走到哪裡，這隻眼鏡蛇就在她後頭追到哪裡。所有學生一看到這條眼鏡蛇，既害怕又厭惡，但無論怎麼逃跑，眼鏡蛇永遠在他們身後窮追不捨，跟在每一個學生後面，所有學生只能不斷詛咒、咒罵和尖叫。眼鏡蛇不但追著他們跑，還會說話，每當眼鏡蛇開口說話，開頭的公式都是：「如果……，你們就完蛋了。」每一句話都是威脅。

這篇文章被發表在壁報上，立刻引來全校學生傳誦一時，所有人都曉得，那隻眼鏡蛇就是影射綽號叫做「如果先生」的訓育主任。正是因為這件震動全校的風波，查良鏞被退學了。不過這也是個預兆，透過這件事，金庸展現了他過人的文字能力和創作風格，由此來看，金庸後來的武俠小說創作，當然可能含有影射。

查良鏞高中畢業之後，對日抗戰還未結束。十四歲之前，他在富裕的大地主家庭裡長大，十四歲之後成為流亡學生，家鄉也淪陷為戰區，這個人生巨大的轉變關鍵，在於一九三七年的日本侵華戰爭。因此，戰爭在查良鏞的心中，必然留下極為深刻的傷痕。他的母親在逃難途中生病，因為無法及時救治而過世。這段悲劇後來也反映在《書劍恩仇錄》裡——小說連載時，主角陳家洛母親的名字（徐慧祿）只和查良鏞母親的名字差一個字，雖然後來改寫了（改為徐潮生），但陳母仍然姓徐。這部小說，可說是查良鏞最具自傳性的武俠作品。

那時候日本人還沒有辦法全面控制中國，但在淪陷區以內的地方，他不可能繼續念大學，於是高中畢業後，他決定和幾個同學結伴穿越淪陷區，一路途經江西、贛南、湘西，到四川大後方去。穿越淪陷區，讓他真正看清了戰爭的本質。當時他們徒步逃亡的路線與日軍進軍湖南的路線相平行，中間只差幾公里的距離，沿路堆滿了屍體。換言之，他們一行人隨時有可能遭遇日軍，性命堪憂。

親眼看見過戰爭的殘忍及傷亡，經歷過生死別離的交界後，查良鏞到了重慶，而後考上了「西南聯大」外文系。報考外文系是因為他已經立定志向，將來想成為外交官。但很可惜，他未能前往「西南聯大」的所在地昆明，被迫留在了重慶，與夢想擦肩而過，轉而去念有學費補助的「中央政治學校」。「中央政治學校」當時的校長是陳果夫，查良鏞等於是進入了國民黨的核心幹部學校。

一年半之後，查良鏞又被「中央政治學校」退學了。他自己從未說過其中的原委，只能參考他同學的兩種說法。

此時已到了戰爭後期，日軍不斷地往西南逼近，整個東南亞包括緬甸、寮國和泰北都在日軍的控制下，滇緬公路也在日軍這次軍事行動中被截斷。日軍的策略是繞經東南亞進入中國西南部，企圖一舉攻佔重慶及四川盆地。戰況一度非常危急，所以才有「一寸山河一寸血，十萬青年十萬軍」的政策，號召青年從軍救國，尤其是尚在念書的青年。號召青年軍的口號一出來，國民黨就要求中央政治學校的學生必須起而響應，也就是說，這次的號召不是自願性質，而是強迫學生從軍。

然而不是每一個學生都願意從軍，到後來，學校甚至規定每一系、每一班的從軍配額，造成了校園裡嚴重的分裂。學生們分為兩派：一批學生宣佈自願從軍，他們多是死忠的國民黨幹部；另一批學生沒有強烈的從軍意願，便成為從軍派學生的仇視對象。查良鏞屬於後者。按照他同學的回憶，本來查良鏞並不想惹是非，可是情勢所逼，學校默許國民黨的死忠學生幹部霸凌那些不願意從軍的學生。在這段過程中，查良鏞和這一群國民黨學生爆發了衝突，最後導致他被退學的結局。

我們必須將退學事件放在心上，因為這段歷史陰影，很能說明金庸的性格特質以及他與政治之間的關連，也可以透過這件事去理解他與國民黨之間的關係。

退學之後沒多久，幸而對日抗戰結束了。他返回家鄉，仍然念念不忘從事外交官的志業。當時他完全沒有門路，只好先去《東南日報》當記者，這是他接觸新聞行業的起點，而這個起點，對於查良鏞之所以成為金庸，再重要不過。

小說家之外，金庸的另一個重要身分是報人。可以這麼說，金庸的武俠作品之所以生成，與編報、辦報有極為密切的關係。要理解金庸小說中的隱喻及其中的深意，我們就必須回到他創作武俠小說的背景。而香港新派武俠小說的誕生，亦是因應了香港報業的變化和發展。

02 風雲變幻，報業生涯的開端

抗戰結束後，查良鏞開始擔任《東南日報》的記者、編輯與撰稿人，後來他獲得前往上海《大公報》工作的機會。至今《大公報》仍是中國報業史上無法忽視的輝煌一頁。張季鸞所復刊的《大公報》地位特殊，首先這是知識分子辦報，其次張季鸞承襲、追隨了美國「新聞古典時代的第四權」，以堅決的信念復辦這份報紙，所提供的地位之高、待遇之好，吸引了當時不少有志從事新聞業的青年才俊。

查良鏞得到報考《大公報》的機會，根據傳記資料，在一百零九人當中，他以第一名考取了《大公報》。此時的查良鏞雖然僅二十歲出頭，已然成為中國報業精英的一分子。到了一九四七年，國共內戰爆發，局勢詭譎，《大公報》內部做出了重要決策——成立香港《大公報》。香港《大公報》作為上海《大公報》的分社，當時報社已經規劃，萬一中國大陸時局發生變化，報社就必須從上海遷往香港。這個規劃來自《大公報》強調言論自由的理念，只有在自由的地方，《大公報》才能夠生存下去。那時查良鏞的另外兩位同事，一個準備結婚，另一個要參加考試，而他單身，又無其他掛念，所以就被派往香港分部。

也因為這個際遇，查良鏞從未確切看到一九四九年之後，中國大陸的激烈變化。在一九四九年的轉捩點上，他不在國共鬥爭的歷史現場，沒有被迫要選邊站——選擇國民黨或共產黨，而是可以保持作為《大公報》新聞精英分子的立場。後來，一九四九年十月一日中華人民共和國成立，查良鏞曾在一九五〇年離開香港，動身前往北京。他想藉由這次機會圓夢，成為新政府的外交官。透過門路，他見到了中國外交界的重量級人物喬冠華——很長一段時間裡，喬冠華一直是周恩來身邊最重要的外交人才。

可是當查良鏞與喬冠華會面，卻被直截了當地告知：你不可能進入中華人民共和國的外交部，你可以去外事服務處工作，但因為你的身分不正確，無法被信任，就很難進入外交體系。這是個非常大的打擊，突然之間，成為外交官的夢想被明確打破了，查良鏞才又返回香港。

回到香港之後，巨大的悲劇竟爾向他襲來。他父親是個地主，在土改、階級鬥爭的過程中被槍殺身亡。不只是他父親，整個海寧查家也在新中國的政權下徹底崩解。查良鏞別無選擇，只能留在香港。沒有多久，他又親身經歷了香港激烈的時局變化。

香港在二戰後被英國從日本手中又奪回，它的地理位置就在中國內地旁邊，無法逃離內地的牽制。像是在港英政府統治時期，水資源都要從北邊運來，這是港英政府後來租借九龍半島和新界的主要原因。在港英政府的統治下，香港變成了地位奇特的避風港。

一九四九年，中國共產黨眼看就要席捲全中國，借由美國襄助，國民黨在臺灣站住了腳跟。國民黨撤退到臺灣後徹底改組，黨內成立了「改造委員會」，肅清國民黨內部威脅蔣介石權威的其他勢力，驅逐陳立夫兄弟，剿滅ＣＣ派的勢力。眼看局勢仍然不穩定，原來屬於右派的國民黨大老及知識分子則選擇落腳香港，觀望情勢如何演變。大陸、臺灣的政局變化，促成了香港的特殊地位。為什麼留在香港？因為臺灣在當時看來朝不保夕，如果選擇在臺灣定居，難免要再逃難一次，不如留在英國殖民統治的香港安身立命。這群人被稱為「南來文人」，他們對於近代香港的變化，尤其是香港雜誌、報業，有非常重要的影響力。

及至一九五〇年六月韓戰爆發，美國勢力捲入其中，也確立了臺海兩岸對峙的局面。在美國的保護下，臺灣必須開始尋找新的意識形態，也就是民主自由。這當然不是當時法西斯本質的國民黨及蔣介石所嚮往的，但情勢所迫，想要獲得美國援助，就要鼓吹民主自由。

同時，自國共內戰——尤其是長春圍城——之後，直到蔣介石下野，這段時期迸發了一股新的政治力量。這股政治力量後來稱為「第三勢力」、「中間勢力」，也就是既非國民黨，也非共產黨。國民黨在臺灣紮根，「第三勢力」則移往香港作為據點，此時港英政府、中國共產黨、國民黨、「第三勢力」在香港密切交集互動。整個一九五〇年代，香港的複雜程度不可思議，各方勢力均攪和其中。

這幾股力量中，港英政府仍然是實質統治者。那麼港英政府的態度是什麼呢？他們治理港人的基本政策是——排除港人接觸政治的權利。換言之，港英政府拒絕香港人參政。長期以來，這是香港人歷史的痛楚。直到一九九七年回歸確定之後，最後一任港督彭定康（Christopher Francis Patten）才開始推動讓港人參與政治、港人治港的政策。但一切都太遲了。

港英政府統治近一百年，香港人一直承受著兩面性的治理政策：香港人有充分自由，尤其是擁有傳統生活的自由。即使到今天，香港都存在這種異質性：一方面，香港到處聳立著高樓大廈，從尖沙咀到銅鑼灣，都是一棟棟輝煌的金融中心；另一方面，從北角走到旺角，你看到的卻是最傳統的生活方式，包括茶樓、街道，以及狹小到不可能接待客人的房子。這是因為港英政府從未想過讓香港人成為英國公民，他們甚至希望香港可以保留中國傳統文化的特質，只要香港人不涉足政治。所以，一方面港英政府給予港人充分的自由生活，另一方面又嚴格禁止並切割港人與政治、政務的一切連結，幾乎只有英國人與高等華人（又稱太平紳士），才能夠在有限度的情況下參與港英政府的政務。

由於港英政府的基本政策，衍生了各方勢力聚集香港的結果，但他們不可能在政治上較量，只能透過媒體的力量各展其道。因此，二十世紀五〇年代，香港媒體界喧騰一時。政治立場上，親共的左派、親國民黨的右派，以及「第三勢力」都在這裡。從另一個角度看，部分在地的香港人，受到這個局勢的啟發，選擇了其文化及政治立場。還有部分「南來文人」，有的嚮往內地，有的心向臺灣。在這個混亂的局勢下，香港媒體的黃金時代誕生了。

03 從報人到報業老闆

在當時的香港媒體界，《大公報》是最核心的媒體之一。在新中國成立之後，《大公報》成為新中國欲在香港建立據點的首要目標。

《大公報》在張季鸞等人復刊之後，一直遵從西方的言論自由、記者第四權的理念，但在很短時間內，它轉向為左派媒體。第三勢力的媒體受到左派勢力排擠，活躍的空間則越來越少。就在這個時候，美國支援臺灣，國民黨在香港也創辦了兩份報紙：《華僑日報》和《星島日報》。總的來說，在當時的局勢下，政治立場與意識形態的衝突，全部集中在報業的競爭上。

《大公報》想要擴張它在香港的影響力，因而決定另辦《新晚報》。本來在《大公報》從事國際電訊編譯工作的金庸，也調入了《新晚報》，擔任副刊編輯。

一九五四年一月，為了刺激讀者掏錢買報，時任總編輯的羅孚在《新晚報》頭版上預告「本報增刊武俠小說」，隔日便開始連載梁羽生的《龍虎鬥京華》，這也是梁羽生的第一部武俠作品。

連載《龍虎鬥京華》證明了一件事，那就是刊登武俠小說確實有助於增加報紙銷量。《龍虎鬥京華》連載七個月完結後，《新晚報》接著刊登了梁羽生的第二部武俠小說《草莽龍蛇傳》，最後一期結束於一九五五年二月。也許是累了，也許是想嘗試其他的方向，《草莽龍蛇傳》之後，梁羽生沒有在《新晚報》續寫新的武俠小說。梁羽生不寫了，武俠小說卻不能停，這個時候，羅孚就從梁羽生身邊找到了查良鏞，要他接著寫武俠小說。

因為是報社指派下來的任務，當時查良鏞沒得推辭，也沒有多想，就把自己名字的第三個字「鏞」拆開來，以「金庸」當作他的筆名。

為什麼會找到本名查良鏞的金庸呢？不過就是因為他經常和報社同事梁羽生一起下棋，下棋的時候就「砍大山」，天南地北的聊。兩人都是武俠小說的愛好者，滿腹讀武俠小說的經驗，累積了各種的記憶。很顯然，兩個人閒聊的時候，一定會討論什麼樣的武俠小說是好的、什麼是不好的、好的小說應該怎麼寫……。可能在這樣的交談過程中，他們多多少少也在想，如果我自己來寫武俠小說會怎麼寫？所以梁羽生一動筆就能寫，金庸也一樣。

一九五五年二月八日，《草莽龍蛇傳》連載完結，金庸和他的第一部武俠小說——《書劍恩仇錄》，在《新晚報》的「天方夜譚」版面登場。因為已經積累閱讀了很多的武俠小說，金庸的《書劍恩仇錄》一出手就有一定的水準，的確也對《新晚報》的銷量有著不小的貢獻。

金庸開始寫武俠小說的來歷非常重要。正是為了賣報紙，才開啟了金庸自此之後欲罷不能的寫作生涯。也正因為如此，他的小說創作與報業經營、時局變化有著無法剝離的糾纏。

《書劍恩仇錄》之後，金庸在武俠小說領域有了一些名氣，一九五六年，又受到《香港商報》的邀請，連載的第二部武俠小說《碧血劍》也很受歡迎。但一直到第三部作品《射鵰英雄傳》，金庸才算是真正開創出大名著的格局。

一九五七年，金庸轉行，到長城影業公司當電影編劇，身價也水漲船高，薪水從一個月一百五十塊港幣，變成兩百塊港幣。而金庸的創作效率有多高呢？通常每二到三個月，他就可以完成一部電影劇本，不論劇本最後是否成功拍攝為電影，都能拿到三千塊港幣的酬勞，這當然是待遇非常優渥的工作，而且他還能親近心儀的電影明星夏夢。

金庸的愛情觀一部分展現在他追逐夏夢的過程。後來他創辦《明報》，許多證據顯示，金庸當時或許多多少少在想：如果我手上能掌握一家報社，夏夢會待我更好。為什麼能如此斷定？因為自從金庸創辦了《明報》之後的前五年，除了連載自己的武俠小說外，報上刊登過最多的名字，應該就屬夏夢了。《明報》勤於報導夏夢的消息是顯而易見的，金庸甚至出資讓夏夢去加拿大旅遊，旅途中按時發送海外旅行遊記，那一度是《明報》最重要的新聞內容。

長城影業的這一段歷程，對金庸來說舉足輕重。首先，他累積了一筆財富；其次，也遭遇了許多挫折，一部分是追逐夏夢的挫折，另一部分是他編寫的劇本拍攝為電影的機率很低，因此，金庸決定再度回到報業。

但如果沒有為報社寫武俠小說的這段經驗，金庸很可能不會有勇氣去辦報。

一九五七到一九五九年，在長城影業工作的同時，金庸還在《香港商報》繼續連載《射鵰英雄傳》，一共刊登了八百多期。最後一期刊登在一九五九年五月十九日這一天的《香港商報》上。甫一結束，隔天五月二十日，《明報》創刊，《神鵰俠侶》連載登場，這是金庸——查良鏞——自己創辦的報紙。

可以這樣說，因著過去寫連載武俠小說，刺激報紙銷量的經驗，讓金庸確信，藉由武俠小說連載，可以在一定程度上支撐起報社。所以五月十九日《射鵰英雄傳》完結，五月二十日《明報》創刊，這是經過精心安排的。看完《射鵰英雄傳》，接下來讀者就要到《明報》看《神鵰俠侶》，利用這種方式無縫接軌，金庸打算將《香港商報》的讀者引流到他的《明報》。

從此之後，開始了金庸創作生涯非常關鍵的歷程。瞭解這段經歷，對我們如何去讀他的武俠小說相當重要。

《明報》剛創刊的時候，報社共有兩位合夥人，他及另一位朋友。金庸出資三萬港幣，朋友出資兩萬，但很快就賠掉這五萬，於是金庸又增資五萬，維持五萬資本。《明報》早期的資本，金庸總共投入八萬，另一位合夥人投資兩萬，一直維持這個比例的股權。所以《明報》不折不扣是屬於金庸的報紙，他在長城影業累積的薪資，讓他足以支撐《明報》的營運。

草創時期的《明報》，採用的是香港小報（tabloid）的做法，以四開報的形式發行。第一面頭版主要刊登香港社會新聞，或是與香港有關的大事件，第二版刊登小說，第三版刊載金庸的《神鵰俠侶》，第四版是雜文副刊。有一項遺憾是，根據金庸自己的說法，《明報》創刊後三十天的報紙沒有被保存下來，他曾一度懸賞二十萬港幣收購任一張《明報》創刊第一到三十天的報紙，但仍一無所獲。

創辦《明報》，金庸的生命進入了另一個階段。他瞭解《明報》與香港其他報紙不一樣的地方，就是能夠跨越黨派好惡，因為無論哪一個政治立場的讀者都喜歡閱讀武俠小說。

剛開始的時候，《明報》一天連載《神鵰俠侶》約一千一百字，一個禮拜後增至一千二百字，再一個月之後，一天刊載一千六百字。在這個階段，的的確確就是靠連載武俠小說將報紙的報份、收入給撐起來的。不過，雖然副刊可以增加報紙銷量，但如果只是為了讀武俠小說而買報，讀者也很容易看完報紙隨手就扔了，或是另覓免費的讀報途徑。在這種情況下，金庸必須另闢蹊徑，讓大眾覺得購買這份報紙是有價值的。

金庸於是做了一項重要的決定——在《明報》頭版開闢社評專欄。當然，編輯部基本只有金庸一人，社評也就只能由他來主筆。《明報》社評的內容極為嚴肅，這和金庸過往在《大公報》擔任國際新聞編譯的經歷有關，這其實也是金庸的專長，畢竟他曾經最想做的職業是外交官，對於外交事務、國際形勢一直保持著興趣，也有一定的看法和掌握。

如今再回看《明報》此次的調整，可以覺察出許多深意。誤打誤撞下，金庸用這種方式開拓出《明報》的特色，打破了當時大報和小報的分野，讓《明報》成為香港報業中一份非常奇特的報紙。

在那個時代，大報就是大報，小報就是小報。像《明報》這種小報，讀者主要是為了娛樂而看，所以副刊很重要；大報關心時事，時評政論即是重要的承載。金庸在《明報》上的社評，其觀察深度及嚴肅程度，經常還超過了當時左、右兩派的大報。結合查良鏞寫的社評，又有金庸的連載小說，讓市井小民雅俗共賞，《明報》算是有了不錯的生存之道。

這個辦報策略雖然高明，《明報》仍經營得非常辛苦。很長一段時間，金庸每天傍晚四、五點鐘到辦公室，先寫第二天要見報的武俠小說，然後編報紙，快到午夜再靜下來寫社評。幸好金庸有寫武俠小說的本事，在經營報社的同時，孜孜不倦地極盡寫作能力。因此，金庸的武俠小說創作與他辦報的歷程，完全無法切割開來。

在嚴肅社評與通俗小說這兩種格格不入的內容基礎上，《明報》從香港報業中開出一條路來，雖然形式上依然是小報，卻具備了大報的潛力和基本精神，預伏了後來的茁壯。

《明報》剛起步的時候，基本立場是跨越左、中、右派，這個立場直到一九六二年五月的難民潮之後才有了轉變。《明報》轉而成為香港大報，政治立場也變得鮮明，敢於挑戰港英政府的權威。

04 無可避免的時代投射

一九六二年爆發了「五月逃亡潮」。從現實和歷史來看，中國的南方一向比北方富庶，但在當時，廣東也因為饑荒爆發了逃亡潮。許許多多難民或個別或集體渡過了邊界，逃到香港。剛開始的時候，香港總督束手無策，只能採取拒收、遣返的應對之法，進一步引發了香港本地的大騷動。

然而當時的媒體上竟然看不到任何報導。對左派報紙來說，這是祖國所發生不太體面的事，不宜揭露；另外一些配合香港政府的或是右派的報紙，則裝作沒有難民問題，也不吭聲。

但這既是人道的衝擊，也造成嚴重的社會問題，媒體理應有報導的天職。於是金庸又做了一個決定，那就是讓《明報》在極短的時間內，堅持政治中立的立場，對難民潮進行報導與評論。

金庸為《明報》的立場定調，讓《明報》成為最早，而且是唯一敢於衝撞港英政府政策，譴責港督殘酷對待難民的報紙。不僅如此，《明報》還派記者到第一線做報導，讓香港民眾明白邊境上實際發生的狀況。《明報》也由此建立了自己的第一批記者。一夕之間，《明報》成為香港最有良心的呼聲，在報界的地位扶搖直上，引起讀者的重視，報份快速成長，終於在營運上站穩了腳步。

即使如此，金庸還是持續一手寫社評，一手寫武俠小說，從《神鵰俠侶》一直到《鹿鼎記》，前後大約十三年的時間。通常下午寫武俠小說，晚上寫社評，這是他一天的基本工作。從這個角度看，顯示出社評與武俠小說兩者之間必有互涉（intertextuality），金庸的武俠創作必然呼應了他在時事評論中的觀察。

閱讀金庸武俠小說，對照金庸社評裡所反映出的時勢變化，才能察覺單純閱讀小說時那些視而未見的意涵。在時評的對應下，金庸小說的層次變得立體起來。

回顧一九六二到一九七四年這段時間，金庸在社評裡究竟反映了香港什麼樣的時局？

有三個議題是顯而易見的。首先是香港正在快速建設與變化，積累日後成為國際金融中心的基礎。這其實與一九六二年的「五月逃亡潮」有關。難民湧進香港，迫使港英政府調整政策，香港因此快速金融化，迅速進行新的城市建設。當金庸一九四七年從上海抵達香港時，其實香港的城市建設是遠遠落後上海的，這和我們今天的想像和理解不同。正是在金庸同時寫社評和小說的這十幾年當中，香港才蛻變成為世界級的「東方明珠」。

其次，在香港脫胎換骨轉型成為現代化都市的同時，中國大陸也經歷了翻天覆地的動盪。金庸出身赫赫有名的海寧世家，大地主身分讓他的父親受累被處決，從這一淵源來看，金庸對於大陸這段時期的動盪，包括文化大革命，必然有深刻的感觸與觀察。

最後，是金庸與國民黨之間的糾結，這必須回溯至他的求學時期。在以金庸這個筆名寫武俠小說之前，他沒有正式的學歷，退學記錄超過畢業記錄。他曾就讀於中央政治學校，也就是當時國民黨的政治幹部學校，但他只念了一年半就被退學了。大陸發生「文革」的同時，國民黨正在臺灣進行「文化復興運動」。後來，國民黨視他為眼中釘，他的小說在臺灣成為禁書，他本人也被禁止踏足臺灣。

基於這些時代背景，金庸寫社評時的基本價值觀，一定會滲入到他的武俠創作裡，兩者互涉並呼應了香港、大陸及臺灣的時事變化。如果有人願意找出金庸當年寫的所有社評，再與他的武俠小說情節脈絡進行查證對照，必定可以做出別有意義的研究。

從大方向看，金庸小說架構中的某些象徵顯而易見。例如在《碧血劍》裡，金庸是讓真實的歷史人物走進小說，以抗清儒將袁崇煥的兒子——袁承志為主角。

拿歷史人物當作武俠小說的素材，讓真實的歷史事件作為武俠小說的故事背景，必然會面臨一個棘手的問題，那就是沒辦法隨意竄改真實存在的歷史。依循歷史小說這條路數去寫武俠小說，可以回溯到他小學時的閱讀經驗。金庸曾經說過，當時他讀《三國演義》，全然站在護衛蜀漢劉備這一方。也許很多人都有這種情感投射，因為在羅貫中筆下，本來就有意要讓讀者認同蜀漢，尤其是敬佩諸葛亮。金庸說，他第一次讀到諸葛亮在五丈原之戰歸天後，就闔上《三國演義》，完全無法再讀下去，心情備受煎熬。蜀漢從五丈原撤退之後發生的故事，金庸還是從他表哥口中得知的——曹魏最終滅了蜀漢。金庸不能接受蜀漢竟然最先滅亡，為此和表哥激烈辯論，他表哥沒有辦法，只好搬出歷史教科書。書上幾行字指證歷歷，證明鄧艾、鍾會滅了蜀漢的歷史真實，金庸才悻悻然服輸，甚至流了不少眼淚。

這件事在他心中留下了深刻的衝擊，傷痕一直都在，致使他創作武俠小說時，經常喜歡試圖在小說中改寫歷史，但如此一來，不容否認及推翻的歷史真實也就一直徘徊在小說裡。《碧血劍》的主角袁承志即是一例，他的武功如此高強，竭盡所能幫助闖王奪天下，他的最終目標就是對抗清軍、誅殺明朝崇禎皇帝。但說到底，歷史是人力無法撼動的事實。李自成攻入北京城，崇禎上吊，然後清兵入關，大敗李闖，多爾袞率清朝入主中原。

《碧血劍》的情節主線，是以袁承志的復仇之志為鋪陳。依照史實，袁崇煥以「通虜謀叛」的罪名而遭凌遲，所以袁承志立誓輔助闖王，以報父仇。他的報仇對象當然就是崇禎皇帝。而袁崇煥服刑之慘烈，源頭來自對抗滿洲人入侵。

無論如何，滿洲人終究還是進佔北京，將中原納入大清版圖，小說家不能為了成全袁承志而改寫歷史，金庸心裡有數，只能讓袁承志心灰意冷，草草將小說結尾。袁承志意興蕭索之餘，遠征異域，選擇在南方的海島隱居，也許是藉由這座海島來隱喻香港。

對照首刊的連載版，以及金庸改寫於一九七〇年代的修訂版，我們發現，《碧血劍》的開場和結尾都做了些修改。

連載版《碧血劍》的開場是，「陝西秦嶺道上一個少年書生騎了一匹白馬，正在逸興橫飛的觀賞風景」，描寫侯朝宗在「斜陽將墮，歸鴉陣陣」下的少年身影。但是到了修訂版，小說開頭改為敘述浡泥國（即今婆羅洲北部的婆羅乃）國王朝貢明成祖，「西南海外浡泥國國王麻那惹加那乃，率同妃子、弟、妹、世子及陪臣來朝」。如此一來，就與袁承志隱居海島的結局相呼應，讓袁承志決定去海島做化外之民的小說寓意，象徵性作用更為強烈。

此外，金庸小說的框架雖然承襲幫派、武林的大系統，但他也曾經寫出性質鮮明的大幫派，例如《倚天屠龍記》中對抗元廷的明教，由於教徒行事詭秘，教風、儀式及口號既神秘又曖昧，與其他江湖門派格格不入，江湖中人視之為「魔」。另一個金庸創造的神秘教派，則是徹徹底底的魔教，就是《笑傲江湖》中的日月神教，從教眾稱頌教主東方不敗的口號：「文成武德，仁義英明，千秋萬載，一統江湖！」再去對照金庸撰寫《笑傲江湖》的時間點，其深意不言而喻。

第二章

武俠小說系譜

集體的江湖世界

01 武俠小說：作為類型小說的一種

金庸曾多次提到他的武俠小說不是殿堂上的文學作品，但據我個人意見，如果將武俠小說排除在文學之外，從某種意義上來說，其實是破壞或傷害了文學。文學的類型不是只有唐詩、宋詞或經典名著，文學領域之廣泛，遠超於此。從廣泛的文學類型來看，武俠小說其實是類型小說（genre fiction）。換句話說，在文學的範疇裡，會有不同的文學類型召喚著讀者，要求讀者以不同的眼光及方式去閱讀。

類型小說當然與大部分文學作品不一樣，它具有大眾化、娛樂讀者的性質，但也不容小看。類型小說有它自己的寫作公式，閱讀類型小說，尤其是武俠小說，讀者必須在翻開書頁前有一些醞釀和準備，否則就難以走進武俠世界。

其中一項重要的準備，就是擱置現實感。這意味著在閱讀武俠文本時，要暫時懸置懷疑的念頭，不能用現實世界的眼光和標準去看待武俠小說裡的人事物。

從另一個角度看，武俠小說的虛構性實現了它最重要的功能：由於武俠小說創造出「不真實」的感受，在閱讀當下，讀者便能夠暫時脫離現實，逃避真實世界中的逼仄。愈是深入武俠奇境，愈是容易讓人拋開外在的現實。所以有些時候，情況反而顛倒過來，讀者為了逃避現實世界，從而在閱讀武俠小說的過程中獲得愉悅感。讀者心甘情願同意武俠小說的設定，雖然明知其中的虛構成分，仍然願意相信在江湖世界所發生的一切，與之產生深刻的連結。

簡言之，想要進入武俠世界，首先必須具備一項條件——相信這個世界的特定規則，比如飛簷走壁的輕功、制人行動的點穴等。你必須認真看待這些蓋世神功，哪怕稍有一點點現實的判準，對於神乎其技的武術、劈山裂石的掌力嗤之以鼻，你就無法優遊在武俠世界裡。

不僅如此，江湖中有數不盡的「巧合」（coincidence）。「巧合」的設置在武俠小說中是十分常見的情節推進機關，透過這種精心佈置的巧合，故事才能在意外的轉折後繼續發展下去。例如《射鵰英雄傳》第三十一回〈鴛鴦錦帕〉，寫郭靖與黃蓉兩人告別一燈大師，下山之後，來到桃源縣城中的「避秦酒樓」，兩人吃著酒樓名菜蜜蒸臘魚：

郭靖吃了幾塊，想起了洪七公，道：「不知恩師現在何處，傷勢如何，教人好生掛懷。」……黃蓉正待回答，只聽樓梯腳步聲響，上來一個道姑，身穿灰布道袍，用遮塵布帕蒙著口鼻，只露出了眼珠。……

黃蓉心中狐疑，又向那道姑一望，只見她將遮在臉上的布帕揭開一角，露出臉來。黃蓉一看之下，險些失聲驚呼。

眼前的道姑竟是穆念慈。三人在五六里外的一株槐樹下見面。穆念慈找郭靖、黃蓉說話，就是為了告訴他們：「你們僱的船是鐵掌幫的。他們安排了鬼計，要加害你們。」因為這樁巧合，郭靖和黃蓉才逃過一劫。

到了下一回〈湍江險灘〉，靖蓉兩人在沅江上與鐵掌幫幫主裘千仞進行了一場惡鬥。後來兩人一路東行到浙南，在客店中說話時：

忽聽十餘丈外腳步聲響，兩個夜行人施展輕身功夫，從南向北急奔而去，依稀聽得一人說道：「老頑童已上了彭大哥的當，不用怕他，咱們快去。」

一聽到「老頑童」三個字，心想這不是在說周伯通嗎？他們理所當然跟在這兩名夜行人後頭，果然就看到周伯通坐在地上僵硬不動。

無窮無盡的巧合兜來轉去，穿插在這些小說情節之間，剛碰到一樁巧合，不久後又遇到另一樁巧合。郭靖、黃蓉兩人的江湖旅程，總是一而再地發生意外的轉折，來來回回都能遇見相識的人。讀者不能用現實的邏輯去計較這些不自然的巧合安排，你只能接受如此高頻率的巧合，這也是閱讀類型小說時的必要準備。

在華文的類型小說中，金庸的武俠小說佔有極為獨特的地位，而且別具意義。我在《霧與畫：戰後臺灣文學史散論》一書中，也曾探討武俠小說系譜的來龍去脈，依循武俠小說的傳統敘事架構和系譜脈絡，更能定義金庸的文學成就。

02 平江不肖生的奇俠「傳」

一般而言，提及中國武俠小說的系譜，很多人偏向從《莊子．說劍》開始講起，又或是唐傳奇及《水滸傳》。但如果要明確梳理武俠小說系譜，就必須先勾勒江湖、武林的形成。談及武俠小說系譜的建立，至少一定要上溯到人稱「現代武俠之父」、本名向愷然的平江不肖生。

向愷然出生於一八八九年，在長沙楚怡工業學校畢業後，赴日留學入華僑中學，一度返回中國，原本計畫二度前往日本，卻苦於旅費無著，還好有同鄉編劇家宋癡萍介紹，將手寫的《拳術講義》賣給《長沙日報》。

向愷然寫《拳術講義》來自他的背景和本事，他出身武術世家，有著貨真價實的拳腳功夫。《拳術講義》的內容正是拳術及武術的介紹傳授，賣掉這本書後，他用賣書的錢籌措旅費，再度動身前往日本留學。返國後向愷然來到上海，將在日本的見聞剪裁拼湊，寫成《留東外史》，竟然大受歡迎，成為清末民初留學史上的一本名著。他接續又寫了《留東外史補》、《留東新史》、《留東豔史》等幾本書。《留東外史》比較趨近於紀實作品，但一本又一本留日見聞寫下來，到了《留東豔史》就漸漸變成小說了。

臺灣資深武俠迷、也是武俠小說的重要研究學者葉洪生，曾著《武俠小說談藝錄——葉洪生論劍》一書，其中的一篇文章〈近代武壇第一「推手」〉寫道：

> 當《留東》四部曲陸續在上海出版時，因文中頗涉武功技擊，真實有據，乃引起行家注意；加以向氏生性詼諧，健談好客，遂與往來滬上的奇人異士、武林好手如杜心南（南俠）、劉百川（北俠）、佟忠義（山東響馬）、吳鑒泉（太極拳家）、黃雲標（通臂拳王）及柳惕怡、顧如章、鄭曼青等結交為好友，切磋武學。上海灘青洪幫首腦杜月笙、黃金榮、虞洽卿等亦為座上客，時相過從。由是見聞益廣，對於江湖規矩、門檻無不知曉。

向愷然憑藉自己通曉武術拳法，以及擅寫吸引讀者好奇的通俗小說，再加上與現實幫派人物過從甚密，這三項條件下，成就了平江不肖生「現代武俠之父」的地位。

可是「現代武俠」到底是什麼？平江不肖生究竟開創了什麼前人未及發掘、想像的武俠成分呢？

平江不肖生最具代表性的作品，公推《江湖奇俠傳》和《近代俠義英雄傳》。這兩部小說皆以「傳」為名，而且細究其形式，明顯是「紀傳體」與章回小說的奇妙結合。

所謂「紀傳體」，是指《江湖奇俠傳》和《近代俠義英雄傳》所傳者皆非一人一俠。雖然有電影「火燒紅蓮寺」推波助瀾，主題曲歌詞紅遍通衢，「紅姑恁兒子叫陳繼志，她火燒紅蓮寺」，一度是非常轟動的閩南語電影和連續劇，使得《江湖奇俠傳》書中的「紅姑」聲名大噪。不過紅姑及「火燒紅蓮寺」的故事，在原書中直到八十回左右才登場，前面大肆鋪寫的是「爭水路碼頭」的來龍去脈。「火燒紅蓮寺」之後，小說又熱火火地拉出另一條張汶祥「刺馬」的軸線來。《近代俠義英雄傳》則以霍元甲貫穿其間，然而讀者不可能不對一開頭就出場的大刀王五，或是後來的羅大鶴、孫福全等人留下深刻印象。

《江湖奇俠傳》和《近代俠義英雄傳》二書都是「群傳」、「群俠傳」，平江不肖生寫這兩部小說的時候，大量援引傳統史學的「傳」體，給每位出場的英雄豪傑清楚的身世背景。換言之，每一位英雄人物彷彿都是現實中存在的人，有著真實的人生來歷。

這種筆法在敘述「爭水陸碼頭」時最為明顯，有時甚至造成讀者閱讀上的困擾。第四回中，平江不肖生先是敘述了平江、瀏陽兩地人爭奪趙家坪的事件梗概，然後說：「只是平、瀏兩縣農人的事，和笑道人、甘瘤子一般劍客，有什麼相干呢？這裡的緣故，我應了做小說的一句套語，所謂說來話長了！待在下一一從頭敘來。」

這一敘，先敘了楊天池的一大段來歷，中間連帶介紹楊繼新的出身，作為後文伏筆。楊天池拜師練藝，回到義父義母家，剛好遇上「爭水陸碼頭」，平江不肖生借著事件轉場，改而追蹤「怪叫花」常德慶的來歷。常德慶的師父是甘瘤子，於是又得費一番唇舌講甘瘤子，再由甘瘤子牽扯出桂武來。繞了一大圈，講了五、六人的曲折生平，好不容易回頭寫了一段常德慶與楊天池「爭水陸碼頭」的交涉，不料筆鋒一轉，平江不肖生又寫起向樂山來。向樂山的事蹟從第十二回寫起，一路寫到第十九回，故事還是沒有回到常德慶、楊天池身上，卻從向樂山再牽出朱復、萬清和……

這種寫法，一方面有章回小說如《儒林外史》的影子，一個角色牽連出另外一個角色，就像撞球般一個撞一個。不過，換個角度看，將這些角色的生平詳細刻畫，事實上就等於是一部奇俠「傳」。事件只是陳述的引子，或說幌子，真正重要的是留下這些「奇俠」的身世與事蹟。給每一位奇俠一個來歷，就是給他一個身分、一種真實性。

這種真實性倒不必然如施濟群在評注中所說的：「向君言此書取材，大率湘湖事實，非盡向壁虛構者也。」是否為事實，我們無需查考；不過一個角色如果有了那麼詳盡的生平故事，就顯見這個角色不是作者單純為了情節推進方便而去揑造出來的，作者不斷喻示讀者，這些角色有小說情節以外的豐富生命經驗可供汲取。這種「非功能性的敘傳細節」，給了這些角色「真實性」。

引用張大春的話說：「俠不是憑空從天而下的『機械降神』（dues ex machina）裝置……俠必須像人一樣有他的血緣、親族、師承、交友或其他社會關係上的裝置。」（張大春《小說稗類》）張大春還進一步解釋：

> 在《江湖奇俠傳》問世之前，身懷絕技的俠客之所以離奇非徒恃其絕技而已，還有的是他們都沒有一個可供查考探溯的身世、來歷，也就是辨識座標。俠客的出現本身就是一個絕頂離奇的遭遇、一個無法解釋的巧合。

然而到了平江不肖生手裡，眾多奇俠不只個個有來歷、有身世，而且彼此關係交錯，組成了一套人際系譜。

03 武俠「隱世界」的集體性格

從俠義小說的脈絡往下梳理，譬如《水滸傳》、《三俠五義》，及至清代盛行的公案小說，一路流傳下來，到了清末民初的平江不肖生，開始打造新式的武俠、江湖概念。自此之後，類型小說從傳統的俠義小說脫胎換骨，轉變成現代的武俠小說。

以前的俠，個個依其絕技存在，像是點綴在廣闊夜空中的點點星光。《江湖奇俠傳》之後，俠與俠組成的武林、江湖，自成一片空間（或說「反空間」），與夜空同時存在，偶爾還會透過「蟲洞」交錯穿越。

平江不肖生對「武俠史」做出的另一大貢獻，是他創造了幫派系譜。他不只讓群俠各歸其位、各有所屬，俠與俠之間還有著千絲萬縷的恩怨情仇。同時，這套系譜也具備了不斷創新、擴張的彈性，誘引著後來的武俠作者跟隨他的腳步，投入到這塊「想像武林」的創作中。

幾乎與平江不肖生同一時期，只比他起步稍晚的武俠小說家是趙煥亭，時人稱為「南向北趙」。趙煥亭的寫作路數與平江不肖生很像，譬如他的《奇俠精忠全傳》，書名就與《江湖奇俠傳》雷同，但《奇俠精忠全傳》無論在知名度還是地位上，皆遠不及平江不肖生的《江湖奇俠傳》。

這其中有何緣故？除了小說本身的因素外，我們不能忽略文類傳承上所造成的選擇效果，也就是後來寫作武俠小說的人，受到平江不肖生的暗示，跟隨平江不肖生的例子，將他們創作的故事附麗在平江不肖生所創造的那個武林、江湖圖像上。這些後來者成就了平江不肖生，他們選擇寫一種「平江不肖生式」的武林，而不是「趙煥亭式」的武林，這才真正決定了「南向北趙」誰會成為「正統」。

「南向北趙」時期之後，鄭證因、白羽、王度廬也寫出風格別具的武俠小說，緊接著出現了武俠奇書——還珠樓主的《蜀山劍俠傳》。當時的武俠小說家除了擅用「傳體」筆法外，更創造出變化多端的武功招數，描繪得栩栩如生。俠義小說如《水滸傳》的梁山泊英雄展現武功本領時，打鬥場面都在幾句話之內結束，比較少細節描述；而現代武俠小說家則傾力著墨武功細節，還在他們的筆下，逐漸勾勒出江湖、武林中「俠」的人際關係與原則。

平江不肖生、趙煥亭、白羽、鄭證因、王度盧、還珠樓主等武俠小說家，風格和筆法原本差異頗大。及至一九四九年之後，武俠小說到了臺灣另闢天地，開啟另一段新的文學生命。

這一批武俠小說家包括臥龍生、司馬翎等，他們幾乎都是同一代人，大部分也有軍中背景。抗戰流亡時，他們以武俠小說作為最重要的精神食糧，來到臺灣之後，便開始在雜誌、報紙嶄露頭角，出版大量的武俠作品，並且相互影響彼此的寫作。

如何相互影響呢？這一代小說家在大量創作的過程中，迸發出越來越強烈的共同性，他們亦步亦趨地模仿平江不肖生所開創的江湖、武林系統。換句話說，他們的作品讓平江不肖生成為傳統武俠小說的代表性人物；而平江不肖生筆下的武林門派，也就成為臺灣武俠小說裡的共同門派。在這個背景之下，也影響了香港新派武俠文學，包括金庸在內。後起的作家都必須按照平江不肖生設置的武林，書寫他們小說中的武林。從這個脈絡來看，武俠小說的集體性，或說它的共同性格，也就更加明朗了。

所謂集體性格，意味著無論這部武俠小說是由誰執筆的，小說框架不會有太大差別，雖然讀者還是會在意封面是冠上哪一位作家的名字，但是你不太可能只讀臥龍生的小說，也不太可能專攻東方玉的作品，基本上不存在這樣的武俠小說閱讀方式，大部分讀者都是「博覽群書」，會涉獵各個作者的武俠小說。

再引一段也是張大春的評論：

> 系譜這個結構裝置畢竟為日後的武俠小說家接收起來，它甚至可以作為武俠小說這個類型之所以有別於中國古典公案、俠義小說的執照。一套系譜有時不只出現在一部小說之中，它也可以同時出現在一個作家好幾部作品之中。比方說：在寫了八十八部武俠小說的鄭證因筆下，《天南逸叟》、《子母離魂首圈》、《五鳳朝陽》、《淮上風雲》等多部都和作者的成名巨制共有同一套系譜。而一套系譜也不只為一位作家所獨佔，比方說：金庸就曾經在多部小說中讓他的俠客進駐崑崙、崆峒、丐幫等不肖生的系譜，驅逐了金羅漢、董祿堂、紅姑、甘瘤子，還為這個系譜平添上族祖的名諱。（張大春《小說稗類》）

這就是平江不肖生所設立的武林。

閱讀武俠小說的人一定具備武俠世界的基本常識，少林派的絕技一定少不了拳腳功夫，崑崙派的弟子多半擅長使劍，四川唐門肯定善投暗器，峨嵋派掌門一定是師太（金庸的《倚天屠龍記》讓郭襄成為峨嵋派創派祖師打破了此規矩）。

平江不肖生開創的武俠系譜，在一代代小說家不斷累積、擴張之後，變得如此逼真，更容易讓讀者遁入武俠的「隱世界」。武俠小說家所共同創造的這個系譜，也更加凸顯類型小說的特質。類型小說是集體性的，尤其是武俠小說，一脈相承地沿襲了同一套系譜，熟知這一套系譜是閱讀武俠小說的門檻及條件。

若是閱讀《白鯨記》，或是《卡拉馬助夫兄弟們》、《戰爭與和平》這類純文學作品，你可以只讀任何一本。但如果你只想讀一本武俠小說，就無法領略武俠世界的魅力；當你讀了十本、二十本，這樣的世界能讓你欲罷不能，比如講到丐幫，這個幫派的來龍去脈你必知曉一二，丐幫的「打狗棒法」可能也如數家珍，也會知道丐幫弟子是以身上布袋區分層級，最高是九袋長老，丐幫弟子之間也有特殊的聯絡密技。

不同作者所撰寫的武俠小說，形塑了一個集體世界。換另一個角度看，如果你不願付出龐大的閱讀時間，就不可能在武林、江湖中得到樂趣。

04 跳出「集體創作」的金庸

在金庸之前，武俠小說最大的特色是集體創作與閱讀。讀者不會沉迷於單一小說，或單一作者，而是沉浸在武俠文類共同塑造的集體記憶中。讓讀者心嚮往之的，其實是眾多武俠作品所共同構建的江湖，像是反覆出現在不同小說家作品中的少林、武當、崑崙、峨嵋……，這一片江湖，才是讀者癡迷的對象。

舉例來說，還珠樓主的《蜀山劍俠傳》氣魄不可謂不大、成就不可謂不高，然而《蜀山劍俠傳》的氣魄、成就，尤其是龐大的篇幅，反而阻止了後來者的仿效。《蜀山劍俠傳》總篇幅約五百萬字，大概超過金庸所有小說的一半。金庸他們那一代人都讀過《蜀山劍俠傳》，但今天的讀者已經不讀了，為什麼？這是因為讀者不熟悉《蜀山劍俠傳》裡大部分的門派和招數。同樣道理，讀者對趙煥亭的《奇俠精忠全傳》也不熟悉，小說裡的人物來歷、武功都很陌生。《蜀山劍俠傳》像是一

座孤峯，凸出傲立；而平江不肖生《江湖奇俠傳》的文學風景，卻是一片連綿不絕的山脈。

只是這種武俠小說的閱讀形態，自從金庸小說出現之後，就完全改變了。這也是直到今日，金庸的武俠小說仍然值得一讀的緣由。

金庸是在誤打誤撞的情況下被報館交付專欄連載的任務，於一九五五年動筆寫第一部武俠小說。他在創作初期又進入電影界寫劇本，期間浸染於拍攝電影、編劇等新事物，而與女明星之間的接觸，也讓他經歷了摻雜虛華與真情的複雜情境。直到他創辦報紙，繼續寫外電編譯，分析國際局勢，最關鍵的就是美國及蘇聯在冷戰中對峙，同時國、共也在對峙。香港這個小島夾在中間，如何在紛亂局勢中生存下去，這些都是金庸每天面對的事情，也都成為滋養他武俠小說寫作的土壤。

另一個不容忽視的背景是金庸的閱讀經驗，這讓他跟同代小說家、乃至前後崛起的大批武俠作家大相徑庭。他從小就儲存、累積了各種文史知識，作為海寧世家後代，他耳濡目染中國傳統文化，在典籍中引發他對史學的興趣。

他的兩部早期作品《書劍恩仇錄》和《碧血劍》經常被忽略，主要是後來金庸寫了《射鵰英雄傳》，其後又有《神鵰俠侶》、《倚天屠龍記》，形成了波瀾壯闊的三部曲，也寫出了完全不一樣的金庸風格。其中一點，就是金庸以非常鮮明的人物個性，作為小說情節推動的主力。相較之下，《書劍恩仇錄》和《碧血劍》似乎沒那麼特別，可是我們也不應輕忽。比如在《書劍恩仇錄》中，金庸就大膽地做了一個嘗試，在武俠小說的傳統結構下放入歷史元素。

從武俠小說傳承的角度看，金庸小說寫的不再只是集體論述當中的武林世界。金庸小說內容的獨特性，是如此自成一格，建立起獨樹一幟的武俠招牌。

武俠小說原本是集體閱讀的類型小說，一般而言，讀者已經熟稔於由此建構出來的集體閱讀經驗。如果武俠小說寫得太具原創性、風格太強烈，很可能會讓讀者不買單，因為需要從頭熟悉、記憶這個新創立的武俠體系，容易造成閱讀疲累。但是金庸打破了這種閱讀規則，所有嗜讀武俠小說的讀者都沉迷在他的武俠世界中，即使他在集體意識中添加了許多獨創性的內容，仍然掀起一股風潮。

前文提及，武俠小說作為類型小說中的一類，讀者在閱讀時必須有所準備，也就是讀者和作者之間存在著一種細膩的默契，比如讀者願意相信小說家所虛構的神奇武功。自平江不肖生之後，讀者與作者之間形成了一種新的默契，讀者對於虛構的容忍度開始有了限度，武俠世界可以超越現實，但這些俠客必須有身世來歷。

作為新派武俠小說，金庸小說的主角人物，必定有著雙重來歷。首先是身世背景的來歷，其次是武功的來歷。

金庸運用兩種書寫方式，讓小說主角的身世來歷極為具體，一種是早期像是寫陳家洛、袁承志等人物時，直接從歷史記載中尋覓這些角色的足跡。及至《射鵰英雄傳》，又嘗試另一種更吸引讀者的寫法，像是郭靖的來歷就與眾不同，而郭靖的身世又與楊康（完顏康）有著千絲萬縷的關係。金庸特意給郭靖如此漫長的身世鋪陳，與黃蓉截然不同，小說走筆到了郭靖入關赴十八年比武之約，黃蓉才突然從桃花島出走，進入讀者眼中。

金庸從白茫茫的風雪之夜寫起，全真教道士丘處機的踏雪之聲從牛家村東邊大路上傳來，因緣際會，結識了郭靖之父郭嘯天、楊康之父楊鐵心。接著大批官兵突然來抓人，郭嘯天和楊鐵心各自懷著身孕的妻子都走散了。此時郭靖還未出世。丘處機為救李萍，和受人撥弄的江南七怪大打出手，兩敗俱傷。丘處機提出一個大賭注：既然一切都是為了拯救忠義之後而起，便由江南七怪尋找郭氏孤兒下落，教導他武藝，丘處機自己則教楊氏孤兒習武。十八年後，在嘉興醉仙樓相會，讓這兩個孩子比武定輸贏。這樣的來歷甚至能推動情節。

另外一種來歷是指武功來歷。《碧血劍》中袁承志的武功不會無緣無故地練成，而是一點一滴地鋪述起來。藉由小說情節開展，讀者看到人物的成長，進而跟這個人物建立交情，才能隨著他的足跡、進入他的世界。

　　金庸小說中的這兩種俠客來歷，來自平江不肖生建立起來的慣例。人際系譜將俠客們組成了「江湖」、「武林」，也就是眾多的奇俠組構成的一個「異類世界」。奇俠的異類世界是一個異質空間，它與現實人間平行。人際系譜一方面讓奇俠世界不再只是一般凡人的「奇觀」，有著他們自己的生活、自己的交往；另一方面，人際系譜也讓奇俠世界平行於「平凡世界」，偶有交錯。

05 逝去的連載小說時代

金庸創作武俠小說的背景，離不開香港報業發展的歷史，他的每一部武俠小說都誕生自報刊連載。今天的讀者沒有機會感受連載小說的魅力，那一段可堪懷念的時光。

我是個讀連載小說長大的人，開始寫作時又剛好趕上副刊連載在臺灣消逝前的尾聲。《大愛》這部小說，就是從一九八九年開始在《自立晚報．本土副刊》連載的。那是我第一次嘗試寫長篇小說，寫的是一個時空交織錯亂的故事。我在美國讀史學博士班研究課程的第二年，同時密切觀察著臺灣島內風起雲湧的社會運動，那種生活也是時空交織錯亂的。一九九一年《大愛》寫完了，臺灣報業連載年代也差不多走完了。

翻讀一九七五年九月出刊的舊雜誌《書評書目》，其中有一篇〈文學之死〉的文章，該文批評道：

> 朱羽的崛起，正好說明了各報副刊的墮落。朱羽的小說取材於民初的江湖人物，恩怨加上仇殺，完全是武俠小說的翻版，了無新思，更談不上境界，但他能投編者（或者說是報館老闆）所好，在每日刊出字數的末了，一定製造一個「扣子」，引誘你明天再看……他的小說……一篇接一篇地在《中國時報》、《聯合報》、《中華日報》和《大華晚報》連載，而真正作家的文學作品，卻乏人問津！

曾經擔任過《聯合報》副刊主編的平鑫濤，在回憶錄《逆流而上》中說，他剛接編副刊時，對連載的武俠小說非常感冒，一直想把它停掉，可是卻遭到業務部門的強烈反對，認為不登載武俠小說會影響銷量。平鑫濤後來還是不動聲色地腰斬了武俠小說的連載。等到下一回開會，業務部門報告最近業績如何蒸蒸日上，他才突然發言：「這證明了停刊武俠小說對報紙銷售沒有負面影響。」業務經理當場目瞪口呆，因為他甚至沒留意到武俠小說已經不在版面上了。

那個時代的連載文字仍能「扣住」讀者，讓讀者日日追讀報紙。那是個已經逝去的時代，是個每家報紙都有副刊，每份副刊上面天經地義一定要有武俠小說連載的時代；在香港，那是金庸靠著每天在自家報紙上寫武俠小說，創造了「明報傳奇」的時代。那是個文學中人，對連載小說又愛又恨的時代。

我翻出了在那個時代，曾經比朱羽的作品還要風光十倍的古龍代表作《絕代雙驕》，除了重溫那有名的簡短文句、古怪對話外，還發現了一個秘密：古龍小說的情節，是靠著連綿不斷的意外轉折來推動的，這裡突然出現一個人、那裡突然飛來兩枚暗器、應該死掉的人卻復活了、被點了穴道不能動的人卻動了……，這些無窮無盡的意外轉折，其實都是前面所講的「扣子」。在每天連載故事的結尾，擺上一個出人意表的神秘現象，於是就達成了「欲知後事，請看明天」的效果。換句話說，那些都是吊讀者胃口的小把戲，因為必須不斷吊讀者胃口，結果小說中就非得不斷有意料之外與奇妙巧合了。

古龍這種筆法和朱羽一樣，能迎合報館賣報紙的業務要求。不過依照眾家友人對古龍個性與生活習慣的記錄、描述，我一邊讀《絕代雙驕》，一邊彷彿看見已經喝得微醺的古大俠，他看看報館來取稿的時間到了，攤開稿紙隨意寫寫，寫到後來時間愈是緊迫，說不定報館的人都已經站在門口了，於是匆匆編了讓一個聲音、一個人影、一件武器憑空竄出，只要故弄玄虛地形容一下那聲音、那人影、那武器，就能填滿字數交差了事。

至於那聲音、那人影、那武器究竟是什麼？交完稿回頭喝酒的古大俠，應該就沒興致再去想了吧！等明天再說。等明天又要交稿時，再來傷腦筋解釋。沒到下筆那刻，古龍自己也不知道究竟天外飛來的是人是鬼、是刀是箭。這是那個年代連載小說最大的特色，應該也是連載小說最被詬病的地方吧——連作者都不知道小說接下來要寫什麼，更不知道小說要發展到哪裡去。

不寫武俠小說，但在連載時代跟朱羽、古龍一樣紅透半邊天的高陽，有他自己的方式對付門外等稿子的人。高陽寫歷史小說，照理講，故事前因後果、來龍去脈都已經先被史實給卡緊了，不可能像武俠小說有那麼大任想像隨意揮灑的空間；歷史小說得靠真實的歷史人物來承載敘述，也不可能像寫武俠小說那樣在中間穿插編造那麼多的神奇意外。沒關係，跟古龍一樣才氣縱橫、跟古龍一樣任俠好酒的高陽，自有他「跑野馬」的絕招來應付連載所需。

高陽式的「跑野馬」，就是在歷史故事主線中，挑出一件零星瑣事，從枝微末節中岔出去，因為他腹有詩書氣自華，隨手拈來都是連篇累牘的歷史小掌故。例如《粉墨春秋》，要寫汪精衛南京偽政權的前後始末，一個歷史名人都還沒出場前，高陽光是大寫特寫抗戰前後南京的賭場設在哪裡、玩些什麼、規矩怎樣，以及如何

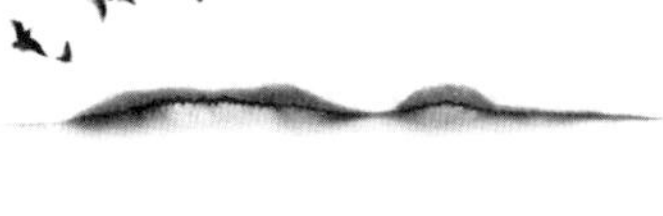

一夕致富或破產的軼事，就接連而來，令人目不暇接。讀高陽小說，我也似乎看到了微醺中的高陽懶得費心編排情節，順手就寫自己記得的、正好讀到的掌故材料，從這條牽到那條、由這椿聯想到那椿，野馬一跑，隨心所欲想到哪裡寫到哪裡。

這種歷史小說，表面看似乎有一定的框架，實則中間可以無窮無盡旁枝歧出，也就近乎可以無窮無盡地連載下去。換個角度看，寫連載歷史小說的高陽，跟寫連載武俠小說的古龍一樣，都不可能預先設想自己寫出的小說會有怎樣的結構，不可能預先規劃、排比好小說將具備的完整面貌。每寫一天，小說就展現一種新的可能，沒到連載結束，作者也不曉得結局是什麼。換言之，作者在連載的過程中且戰且走，一路與自己的小說搏鬥，這是連載小說的最大特色。

這種寫法違背了小說作為嚴肅藝術的標準。藝術應該灌注了作者一種追求完美的精神，多一字不可、減一字不可，每篇有伏筆有呼應、有比例有策略，而且最好數易其稿，刪刪增增、左挪右移，才會達到精緻典範的程度。連載小說完全反其道而行，大段大段「跑野馬」的內容與主文之間沒什麼必然的、有機的關係，以至於寫到後面忘了前面，自我矛盾衝突是常有的現象，甚至整部小說看來就是由眾多部分雜混、拼湊起來的。難怪帶著嚴肅現代小說品味的讀者，會那麼不滿意於朱羽、古龍，乃至高陽了。不過說老實話，連載小說與現代文學品味標準間的齟齬，並非起自朱羽、古龍，而有更遠的淵源。

連載是一項奇特的制度，連載打破了小說獨立自主的時間意識。小說時間與現實生活時間平行流淌著，而且不斷地互相指涉。現實生活無窮無盡、日復一日地走下去，於是小說似乎也就會同樣無窮無盡、日復一日地連載下去。連載小說因而沒有具體的頭中尾的分配，不只是結構鬆散的問題，而是永遠隱伏著一個呼之欲出的「然後呢？」

有頭有尾有中腰的文學作品，講究的是選擇好一段具特殊意義的時間，把它從長流中切截開來，封閉成一個完整、有機的單位。有頭有尾有中腰的文學美學，在意也講究小說應該有個「絕對」的開頭、「絕對」的結尾。小說內在要展現出一種意義、一種姿態，「行於所當行，止於所不可不止」，就是在這裡，小說完結了。多說一句都是累贅，都會破壞作品的完整性。

連載小說不吃這套，或者說，連載條件使得這種小說不可能如此講究。同樣都叫「小說」，邊寫邊登的連載小說其實是獨樹一格的文體，具備專屬的風格，因而也就刺激、誕生了不一樣的寫作與閱讀經驗。

06 難以躋身文學行列的連載小說

寫作是一門藝術，創作者必須貫注完美的精神，文體精緻，敘事結構裁剪合度，一字一句精心潤飾，字裡行間預設伏筆、首尾呼應。連載小說在創作精神上，與嚴肅意義的小說藝術完全背道而馳。

無怪乎《書評書目》那一篇文章會以「文學之死」攻訐武俠小說。「文學之死」意味著武俠小說不登大雅之堂，評論者是用現代小說的品味予以批評。但是連載小說真的不能與現代小說混為一談，兩者無法相提並論。

連載小說在報業的發展中，逐漸形成一種文類，自有其來歷。這個來歷不容小覷，因為無論是香港或臺灣連載小說的起源，都不得不追索到晚清小說。

晚清時代，小說曾經如雨後春筍般冒出來，夾雜著文言和白話。其中最負盛名、影響最巨者是社會寫實的黑幕小說。而晚清小說除了官場小說與黑幕小說，還有寓言、科幻小說，甚至是改寫古典小說，譬如讓林黛玉和賈寶玉結伴遨遊太空。晚清小說的想像力異常驚人。

回顧晚清小說，王德威教授的文學觀點令人欽佩，他極有耐心地逐本閱讀現存的晚清小說，應該是全世界閱讀晚清小說最多的人，所以他的論斷理應讓人信服。據王德威教授研究，晚清小說最大的特色在於，不論書寫的形式及內容如何，絕大多數晚清小說都有一個共同點——它們都沒有結尾。

大多數晚清小說都沒有完結。譬如晚清四大譴責小說之一的《老殘遊記》，它的結局究竟為何？這是個謎，因為劉鶚沒有寫完小說；曾樸的《孽海花》寫到「欲知來者是何人，為何事，且聽下文」，就再也沒有繼續往下寫，同樣沒有結尾。四部譴責小說當中，就有兩部沒寫完，而李伯元《官場現形記》、吳趼人《二十年目睹之怪現狀》各自寫下書成之日就是全書告終之時，勉強算是有個收場。

一九一八年，胡適曾在〈建設的文學革命論〉這篇文章中，直言不諱地評斷：

> 我以為現在國內新起的一班「文人」，受病最深的所在，只在沒有高明的文學方法。我且舉小說一門為例。現在的小說（單指中國人自己著的），看來看去，只有兩派。一派最下流的，是那些學《聊齋志異》的劄記小說。篇篇都是

「某生，某處人，生有異稟，下筆千言，……一日於某地遇一女郎，……好事多磨，……遂為情死」；或是「某地，某生，遊某地，眷某妓，情好綦篤，遂訂白頭之約，……而大婦妒甚，不能相容，女抑鬱以死，……生撫屍一慟幾絕」；……此類文字，只可抹桌子，固不值一駁。還有那第二派是那些學《儒林外史》或是學《官場現形記》的白話小說。上等的如《廣陵潮》，下等的如《九尾龜》。這一派小說，只學了《儒林外史》的壞處，卻不曾學得他的好處。《儒林外史》的壞處在於體裁結構太不緊嚴，全篇是雜湊起來的。例如婁府一群人，自成一段；杜府兩公子自成一段；馬二先生又成一段；虞博士又成一段；蕭雲仙、郭孝子又各自成一段。分出來，可成無數箚記小說；接下去，可長至無窮無極。《官場現形記》便是這樣。如今的章回小說，大都犯這個沒有結構、沒有佈局的懶病。卻不知道《儒林外史》所以能有文學價值者，全靠一副寫人物的畫工本領。我十年不曾讀這書了，但是我閉了眼睛，還覺得書中的人物，如嚴貢生，如馬二先生，如杜少卿，如權勿用，……個個都是活的人物。正如讀《水滸》的人，過了二三十年，還不會忘記魯智深、李逵、武松、石秀……一班人。請問列位讀過《廣陵潮》和《九尾龜》的人，過了兩三個月，心目中除了一個「文武全才」的章秋穀之外，還記得幾個活靈活現的書中人物？——所以我說，現在的「新小說」，全是不懂得文學方法的：既不知佈局，又不知結構，又不知描寫人物，只做成了許多又長又臭的文字；只配與報紙的第二張充篇幅，卻不配在新文學上占一個位置。

胡適從新文學的角度批評晚清小說是報屁股文章，只配給「報紙的第二張充篇幅」，「不配在新文學上占一個位置」。再看王德威，他對晚清小說做過最全面的學術研究，依照他的說法：

> 晚清小說就算以中國的標準視之，它的文類仍大有問題，因為情節蕪蔓無序，資料唯是堆積，主題無聊炫耀，角色光怪陸離，組成了一種非常龐雜的敘述類型，或者是變成一種反敘事類型，意味著很難敘說故事，因為雜堆了太多的東西，反而威脅作品的統一性和讀者對小說結構的感知。晚清作家太急於說故事，反而沒有時間好好發展一個角色或是一幕場景。在敘述當中，他們會轉向不相干的事情，他們會彼此剽竊或者是重複。等而下之的，他們連作品到底完成沒有，都不放在心上了。

王德威的觀察角度是從晚清小說的成書緣由來看，這些晚清小說固有的毛病及特性，其實來自當時盛行的連載風氣——這些小說是每一天、每三天或每一週，逐日逐期連載的。胡適的評論沒錯，晚清小說的確是在報紙第二張充篇幅的。作者逐日逐期寫作，報紙或刊物提供的稿費又非常優渥，他們當然會想辦法多賺取稿費，刻意把小說篇幅寫得長一點，最好一直連載不完，就無須面對上檔下檔的酬勞風險。這種情況有點像連續劇，只要收視率愈高，連續劇的集數就拍得愈長，到後來變成歹戲拖棚，敘事節奏愈來愈慢，故事橫生枝節。

晚清小說之所以有這種面目，完全來自它們擔負著晚清報業成長的功能。雖然胡適極為輕蔑晚清小說，認為它們只配給「報紙的第二張充篇幅」，但現實情況是，報紙第二張的內容對於報社的生存影響甚巨。晚清時，人們對於社會各種光怪陸離的事情，已經產生強烈的好奇心，但是報社記者往往在採訪報導這門功夫上還不夠成熟到位，為了滿足社會大眾的獵奇心態、誘使大家掏錢買報，就必須靠報紙第二張上的連載小說。

這樣的報業經營環境，不僅限於晚清時期，這個狀態一直延續到民國、延續到金庸在香港創辦《明報》時。在報社缺乏記者的情況下，老闆該如何吸引讀者翻閱你的報紙？金庸看準讀者饑渴地想要閱讀離奇故事，只有絞盡腦汁去編寫專欄。

由於是一天、一期編寫下去，這類連載小說的敘事結構勢必難以層次井然。連載小說的目標是維持讀者的追讀動力，每一期都要保持故事的懸念才行。

為了滿足讀者的閱讀需求，連載小說的作者通常不是從創作意念上去控制故事情節，只要小說能夠繼續發展下去，作者就繼續寫個不停。那麼，連載小說何時收尾呢？通常要等到讀者讀膩了，為了防止讀者對連載內容感到厭煩，報館主事者才下令結束連載。不過連載小說最普遍的腰斬情況，主要是報館倒閉。絕大部分的晚清小說經常把報紙或期刊給寫死了，寫著寫著，報館或雜誌社就不在了，作者只好擱筆不寫。只是這一家報社消失了，還有另一家報社冒出來，作者只要另起爐灶，就能繼續賺稿費。

由於這些現實因素，晚清小說老是寫不完，不僅因為寫作者心裡不存在作品完整性的概念，社會氛圍也不催促連載小說作者一定要完成其作品。

連載小說雖然有其來歷，但這並非晚清時代所發明的文類。這種寫得又臭又長、總是有頭沒尾的創作形式，有著更遙遠的淵源，意味著晚清小說的寫作風格是模仿而來的。連載小說正是從十九世紀的歐洲漂洋過海而來，尤其是法國、英國轟動社會的大眾小說。

這些大眾小說一部比一部冗長，例如大仲馬的名著《基度山恩仇記》。大部分的人應該都沒有真正讀過完整版的《基度山恩仇記》，市面上流通的都是各種節譯版本，如果要完整翻譯出來，會是四至五冊的大合集。

大仲馬寫《基度山恩仇記》的創作靈感怎麼來的？他取材自一個發生在一八〇七年的社會真實案件。當這部小說於一八四五年八月二十八日在巴黎《辯論報》（*Journal des débats*）上一刊登，立即轟動一時。大眾都愛讀這類的煽情故事，讀者甚至一大早就去搶購剛印好的報紙。到後來，還有人直接跑到印刷廠，賄賂印刷工人，只為了搶先看到明天報紙上的連載內容。

《基度山恩仇記》的原型，來自巴黎警方檔案管理員雅克．皮伽特（Jacques Peuchet）的回憶錄。他提到一樁真實的怪案，發生在拿破崙的時代，巴黎一家咖啡館老闆盧比昂與三個鄰居，對隔壁剛訂婚的鞋匠皮埃爾．畢卡德開了個惡意的玩笑。這四個人誣告畢卡德是英國間諜，畢卡德慘遭冤枉，被捕入獄。他在獄中待了七年，偶然間在獄中結識了一名義大利人，兩人成為好友。這名義大利人臨終前留下遺囑，將龐大遺產都贈予畢卡德。七年之後，畢卡德恢復自由之身，繼承遺產也讓他變得十分富裕。但是他卻發現一個更大的打擊，在他入獄期間，未婚妻竟然嫁給誣陷他的盧比昂，於是他誓言要復仇。他喬裝化名到盧比昂的咖啡館工作，先殺死同謀鄰居當中的兩人，再耐心等待十年，決意要讓盧比昂家破人亡。當他正要手刃盧比昂時，卻被倖存的第三個鄰居當場殺死了。

利用這件充滿奇情的犯罪檔案，大仲馬加以增飾富麗，寫成一部超過百萬字的小說。除了基度山伯爵的復仇計畫之外，大仲馬還虛構了許多複雜的情節。由於節譯本盛行，也有評論者認為《基度山恩仇記》的全本小說不值得閱讀，情節太瑣碎了。

不過，我們看到連載小說的種種毛病，其實是基於有頭有尾有中腰的小說美學，而不是連載小說自身的邏輯來評斷的。那麼連載小說有自己的美學嗎？我認為有的。連載小說能提供別的小說無法帶來的樂趣，就在於豐富的內在多元性，以及層出不窮的意外轉折。說白一點，連載小說之可貴，就在那些「跑野馬」的內容，那些為了吸引讀者讀下去而刻意穿插的花招。豐富內在與意外轉折，除了來自想要「勾住」讀者的因素外，還受到作者寫作過程中的強烈影響。

幾乎無可避免的，連載小說作者會把在漫長寫作歲月中的所遇、所感、所讀、所思帶進作品裡。每天要交稿、每天要找題材寫下去，當然逼著作者東抓西撈，拉進什麼是什麼。連載小說跟著作者呼吸、跟著作者生活、跟著作者成長或變老。好的連載小說，就是作者能夠善用這種種生活變化，將小說寫得多彩多姿，毫無冷場。

大家都說金庸小說好看，也有很多人讀到金庸小說裡有現實政治的影子，這兩件事其實二而一、一而二。為什麼金庸小說比別的武俠小說好看？因為其他的小說家用固定的方式炮製故事，金庸卻是一邊寫武俠小說、一邊辦報紙寫社論，報業的興衰榮枯、政治的是非得失，全在他眼中、心上，也就到了他的筆下。隨日子而變，隨社會情勢而走，就不會落入俗套、不會無聊重複了。

07 古龍的「個性」和「非江湖」

小說家張大春曾經講過金庸終結武俠小說的問題。我也寫過一篇文章〈系譜的破壞與重建——論古龍的武林與江湖〉，在文章裡有比較準確且完整的意見。

這篇文章原來是寫古龍的，不過講到武俠小說一個非常重要的背景和基礎，那就是武俠小說建立在武林上，而武林是一套非常龐雜的江湖系譜。面對此江湖系譜，金庸和古龍的態度、策略大不相同。金庸的策略是將歷史人物寫入江湖系譜中，讓真實世界與武俠世界產生直接的連繫，藉由歷史來擴大系譜。

張大春在〈離奇與鬆散——從武俠衍出的中國小說敘事傳統〉一文中提到：

> （金庸）……向《水滸傳》裡討來一位賽仁貴郭盛，向《岳傳》裡討來一位楊再興，權充郭靖、楊康的先人。至於《書劍恩仇錄》裡的乾隆、兆惠，《碧血

> 劍》裡的袁崇煥，《射鵰英雄傳》裡的鐵木真父子和丘處機，《倚天屠龍記》裡的張三丰，《天龍八部》裡的鳩摩智……以迄於《鹿鼎記》中的康熙，等等，無一不是擴大這系譜領域的棋子。

以上這些都是歷史人物。那對照古龍呢？古龍卻是大開大闔，索性拋開了那套傳統江湖系譜。古龍的武俠小說是以性格突出到近乎畸形，卻又讓人不得不愛的人物角色為中心的。讀古龍小說，讀者記得的「座標」顯然是楚留香、李尋歡、蕭十一郎、江小魚、傅紅雪等這些俠客。

如果再考驗一下自己的記憶，試著問：這幾部小說的情節，是以何門何派的恩怨情仇為主題？如此一問一想，我們只能得到一個結論：古龍是不怎麼理會那些江湖系譜的；古龍的武俠小說中，俠的個人特質明顯超越了江湖。

古龍小說裡當然還是有門派、幫會，可是那些門派、幫會，往往都是原來系譜中的邊緣角色，或者乾脆是古龍自己發明的。像「天星幫」，這屬於系譜邊緣，面目模糊者。還有比較特別、有趣的「伊賀忍術」，這一看就知道是從日本劍道小說借來的，過去的武俠小說沒有看到過。另外，《絕代雙驕》中佔據重要位置的「移花宮」，則是不折不扣古龍的原創。

換句話說，古龍創造的門派、幫會，都是傳統武俠小說的讀者難以有清楚印象、有固定概念的。熟讀以往的武俠小說，無助於我們理解天星幫、伊賀忍術或移花宮。古龍將他的武俠事件從原來的大舞臺移走了，讓他們在一般人不那麼熟悉、不那麼習慣的另個舞臺上演出。

古龍的新派武俠之「新」，很多評論者集中注意在他獨特的文字風格。但除了文字風格之外，古龍之新，還有一部分在於他拆解江湖系譜的做法。

自覺或不自覺地，古龍跳脫了前面所說的「大互文結構」。「大互文結構」意味著那個時代不同作者所寫的武俠小說，因為都在同一個江湖、武林的系譜上，都是那幾個幫派、那幾項武功、那幾種兵器，於是就構成了一個互文的結構。可是古龍卻離開了從平江不肖生開創的江湖系譜，自己去想像一個江湖，或者說，如果用原來的標準對照來看，那是一個「非江湖」。

為什麼說是「非江湖」？因為「江湖」的出現是根基於群俠的存在，他們彼此的人際關係才構成了江湖。可是到了古龍筆下，總是單一角色蓋過了群俠的魅力；武俠小說原本的「群性」，被古龍以個性化的個人英雄主義所取代，於是群俠間的關係不再重要，江湖也就不再重要。

古龍小說的「個性」，相對於其他武俠小說的「群性」，在《絕代雙驕》裡表現得最徹底。這部小說的情節原本明白指向為雙主角，一對從小失散的雙胞胎兄弟，一個是江小魚，一個是花無缺。可是古龍寫活了那個古靈精怪、惡作劇不斷，卻又心地善良、近乎軟弱的江小魚，在「小魚兒」的對照、映襯之下，連花無缺都只能黯淡退位，變成了配角。所以，這部小說雖然叫做《絕代雙驕》，內容卻毋寧比較接近是《江小魚及他的兄弟》。同樣的，你去看《小李飛刀》，只要李尋歡一出來，其他角色你大概都不會想要看了。一個角色的完全形象塑造，操控、甚至涵蓋了古龍的每一部小說。

從這裡我們就探知到古龍新派小說真正的秘訣。並非沒有別人試著寫過不在江湖系譜裡的武俠故事，然而往往都得不到讀者的青睞。因為讀者已經預期著要在武俠小說裡讀到他們熟悉的東西，而江湖系譜正是他們賴以辨識武俠小說這個文類的基本元素。找不到這個系譜，或是發現系譜被改得面目全非，讀者很難去欣賞作品的創意或突破，而是忿忿然：「這不是武俠小說！」

古龍的成就在於拆掉了別人熟悉的江湖，可是他了不起的是，能夠補以鮮活的俠客及俠情，讓習於江湖系譜的人轉而在俠情世界中得到滿足與慰藉。古龍在武俠小說史上最重要的地位，就是作為一個敢於拆解江湖系譜，還能夠吸引讀者眼光的傑出作者。

不過換個角度看，就能看出晚近武俠小說快速沒落的一點端倪。別忘了，遭到古龍挑戰、破壞的這一套江湖系譜，正是眾多武俠小說彼此連繫的根本。藉著江湖系譜，讀者可以這本通到那本，這位作者連到那位作者，讀這一本就為下一本練了功、打了底；讀者在江湖系譜的反覆熟悉中，自然得到基本的閱讀樂趣。

如果沒有了系譜，沒有了互文，那麼每一部武俠小說等於是孤零零地存在，得靠自己的力量去爭取讀者。閱讀武俠小說不再是大量批發式的經驗，轉而變成零售式的精挑細選了。

類型小說失去了「類型」的基礎，就得依憑著個別作者的個別本事。金庸有那麼大的才氣，古龍有那麼多的奇想，他們的作品可以獨立存在，獨立吸引讀者。那麼其他的作者及其作品呢？破壞掉了江湖系譜，也就等於拆掉了武俠小說共同的主舞臺，那些精彩不足的人物和情節，更顯得單調貧乏。

這並不是要把武俠小說沒落的責任歸咎於金庸和古龍這兩位傑出的作家，而是要點出平江不肖生以來的那一套江湖系譜，在武俠小說的創作及閱讀上曾經發揮過多大的作用。這套江湖系譜固然限制了武俠創作者的想像自由，使得大批的武俠小說都面目相似，也讓部分作者得以快速複製大量的作品，不過卻也保證了讀者的最低滿足標準。

08 武俠小說的「終結」

如果想要更進一步解釋武俠小說為什麼沒落，其中一個核心原因是——武俠小說界原來是沒有明星的。大家在這個舞臺上混日子，就像今天我們會在網路平臺上寫小說，大家都可以寫，而且很多讀者也分不清楚到底誰是誰，誰寫了什麼作品，就是這裡一段、那裡一段挑選我們想要看的。

可是武俠小說界後來偏偏出現了兩個明星，這兩個明星寫的小說，別人沒法複製、沒法抄襲，甚至沒法學習。

其中一個用歷史視野擴大了武俠系譜，把這個系譜搞到這種程度：如果沒有好好學歷史，你就沒有辦法寫武俠小說。在金庸成就的籠罩下，你不可能再隨便抓一個歷史人物放進武俠小說裡，或是隨便給武俠小說安一個時代背景，愛怎麼寫就怎麼寫了。

還有另外一個更糟的，那就是古龍。他乾脆把整個系譜都破壞掉，去寫他自己的武林。還有，他也寫自己的武器庫，別人平常在武俠小說裡慣用的武器——因為慣用，所以劍就是劍、刀就是刀、判官筆就是判官筆、槍就是槍——讀者都能夠想像，武功或打鬥就能夠寫得下去。古龍連這個都不要，而是去設計一個一個稀奇古怪的武器，像是天機棒、子母龍鳳環、小李飛刀……，甚至寫出《七種武器》系列，一種武器就是一個獨立故事，它們也是人性武器，代表不同的人格力量。

這是在炫耀，也在表現他的奇想，然而這就等於在拆其他武俠小說家的臺子。這個臺子被古龍拆得差不多了，剩下的只有架子，而架子撐不了太多的人。

本來在這種江湖系譜下，大家所寫的可以讓讀者獲得最低的閱讀滿足。以前的人讀武俠小說，哪裡會打算要從武俠小說裡得到什麼了不起的閱讀經驗、閱讀收穫？正因為武俠小說訴諸這種低度的要求，所以「江湖」顯得更重要。只要有江湖系譜在那裡，你隨便怎麼寫都可以。那個時候在租書店裡，一天五毛錢可以看三本，讀者也就甘願付了。

可是到了金庸、古龍，用各自的本領把人家的臺子都拆了，那要再寫武俠小說就麻煩了，這是武俠小說沒落的其中一個原因。

還有另一個相關的原因，大家都混跡於這種江湖系譜，運用低度閱讀滿足的寫法，但寫到了一定的程度，也就遇到了瓶頸。而這瓶頸是雙重的。

作家唐諾有一篇文章〈畫百美圖的俠客金蒲孤〉，收錄在《盡頭》一書裡。這篇文章不完全是為了武俠小說而寫的，但是唐諾讀了這麼多的武俠小說，而且他的記憶力超好，小時候看過一大堆武俠小說他通通記得，才能寫出我寫不出來的文章。

他說的金蒲孤是誰呢？

「金蒲孤是一名一登場就已聲震全武林、完成品式的青年俠客，這意思是，作者司馬紫煙並不交代他的成長歲月，沒兒時被哪個無名老人帶走，或身負血海深仇掉落懸崖而在某山洞找到絕世秘笈之類的。」

唐諾講的這些情節，在金庸的小說裡都出現過：被無名老人帶走，至少是在無名小島上認一個老人做義父而長大，這是《倚天屠龍記》裡的張無忌，另外《俠客行》裡的狗雜種也是；而身負血海深仇，在山洞裡找到絕世秘笈，這是《碧血劍》裡的袁承志。

唐諾繼續說：「這種必要奇遇的從略往往是武俠小說書寫成熟期甚至進入晚期的徵象……」他明白地告訴我們說，司馬紫煙寫出俠客金蒲孤的這部小說《冷劍烈女》，在武俠小說發展過程中是相對比較晚期的作品。這樣的一種徵兆，隱隱透露出武俠小說的書寫已到達了極限。

相對而言，我們發現在《鹿鼎記》中，金庸也是這樣寫的。韋小寶是一個有很多奇遇的人，可是韋小寶沒有因為這些奇遇而學會了高強武功。韋小寶最重要的本事是他如何說謊、如何詐騙、如何演戲。但是這些本事他從一上場就已經有了。在這個意義上，司馬紫煙所寫的金蒲孤很像韋小寶，基本上是同樣的角色屬性。一登場，身上的本事、武功已經齊備了。

接下來，我們再看看唐諾怎麼說：「一旦書寫者感覺用盡了它，讀者也厭煩它拆穿了它，這部分便可以大家你知我知一句話帶過了，同時也封閉起來不再開發新尋寶路徑了。」意思是說可以不要再寫了，反正每個人都知道，就是這一套。那不如算了，就乾脆上場的時候讓主角已經是這樣了。當讀者都能預期武俠小說裡的故事會這樣寫，以至於到一定的程度，武俠小說作者自己都不好意思這樣寫了。

我們再來看看金蒲孤。「金蒲孤使用的不是有氣質的三尺青鋒之劍，而是一副特殊的強弓和神箭，奇怪武器的使用，也是武俠小說書寫另一個成熟期的徵象。」這不就和古龍發明自己的武器，不要用別人寫過的武器很類似嗎？

> 這副弓箭之名和他姓名同音，相互呼喚，是為金僕姑，這倒是大有來歷的，直接出自《左傳》：莊公十一年，公以金僕姑射南宮長萬。……很顯然，寶物

神兵有靈，可抗拒悠悠時間的侵蝕分解力量，還彷彿有自主意識，最終像找到自己真正主人也似的抵達金蒲孤手中——我們倒無法說準金蒲孤是哪時代的人，武俠世界同時是時間的迷途之鄉。

金僕姑這個武器在《左傳》裡出現，那是春秋時代一段非常有趣的故事。如果大家有興趣，可以看看莊公十一年南宮長萬的故事。

我們繼續再讀唐諾。「金蒲孤輝煌人生的最大對手是老人劉素客，這是一個自己完全不會武功卻對全天下各大門派武學無所不知、將黑白兩道所有人玩於指掌之上的大陰謀家……」前半句的描述形容，讓我們想起了《天龍八部》裡的王語嫣，不過王語嫣當然不是這樣的大陰謀家。

再往下看，「他收有三名義女，分別以日、月、星為名，當然都非美若天仙不可，故事最後也必定奉武林大義和愛情之名背叛他。」這裡唐諾沒有直接點明，但只要你閱讀的範圍稍微廣一點，就知道三個女兒背叛他這樣的情節，不就是莎士比亞的《李爾王》嗎？

接著，「事情便發生在金蒲孤和這三名女子的一場比試，其中一個題目是繪製百仙圖和百美圖，抽中百仙圖的劉日英，工匠技藝精湛無匹地不到半時辰便天上人間地以針繡完成。」可是這一邊要畫百美圖的金蒲孤，只信手畫了幾筆而已。

「劉日英將信將疑地走到案前，劉星英也好奇湊過去，她們都不相信金蒲孤在三筆兩劃之下，會完成一幅百美圖！」大家可以想像嗎？知道這百美圖究竟怎麼畫嗎？

金蒲孤的畫紙因為是放反的，劉日英伸手把它翻轉過來，她看到了什麼？

> 白紙上只畫了一個半圓形，圓弧上畫了幾筆像亂草一般的墨跡，半圓中間則是一個大叉。她們看了半晌。
>
> 劉日英才道：「金公子這是……」
>
> 金蒲孤一笑道：「這是一幅寫意百美圖，嚴格說起來，不過是土一堆草一堆，交叉白骨紅顏淚……」
>
> 劉日英呆呆的不作聲。
>
> 金蒲孤一笑道：「千古美人今安在？黃土白骨青草中，我這一幅百美圖足以為千千萬萬絕色佳人寫照……」是了，所有的美女，所有的佳人，百美，一百個，死了之後通通都變成土一堆、草一堆，這就是他的意思，所以他就畫完了。

唐諾特別解釋說：「大致上止於一九七一年，武俠小說是早期臺灣唯一本土自製成功的類型小說……」這個時候是武俠小說的輝煌時期；而差不多同時，也就是金庸寫《鹿鼎記》的時候，武俠小說其實也開始沒落了。不只是臺灣，還包括香港，「總產量其實還不小，彼此也就存在著追逐競爭，儘管基本上仍套公式寫，但總會因此冒出些較特別的東西」。

什麼叫做特別的東西？唐諾隨手舉了一些例子：「金僕姑挖掘自《左傳》不起眼的一角，這對彼時多少有國學底子的武俠小說作家倒不算奇怪，更有趣的是歐美新東西新事物的偷偷滲入，像柳殘陽寫《金雕龍紋》就是大仲馬《基度山恩仇記》的改寫……」《基度山恩仇記》真的很好用，我們也就知道，為什麼金庸對於別人指稱《連城訣》以《基度山恩仇記》為原型這事要特別撇清，因為別人也在用。

柳殘陽的《金雕龍紋》裡，「父親被逼死、美麗妻子失貞改嫁、飄流到無人島上找到復仇寶物的浪子楚雲當然是基度山伯爵愛德蒙・鄧蒂斯」。

另外，古龍自己都承認，他的「楚留香系列」靈感來自英國小說家伊恩・弗萊明（Ian Fleming），他最有名的就是創造了〇〇七情報員詹姆士・龐德（James Bond）。原來楚留香是從詹姆士・龐德化身來的。

唐諾接著說：

更厲害的是獨孤紅的《武林正氣歌》，書中赫然有個複姓西門的「斑衣吹笛人」角色，改都不改一下，多年以後，我才知道這原來是個歐洲人外國人，真的就是西方民間傳說故事裡那個以催眠魅惑笛音拐走全村小孩的傢伙。……迢迢來時之路——半世紀前的臺灣，貧苦蒙昧封閉，人容易慨然有廣大世界之志卻不容易有通向世界的道路、配備和盤纏，一知半解使得廣大世界比任何時期都更像個誘人之謎，人各自以他僅有的、鬼使神差的方式奮力接聽、窺視、捕捉和猜想，知識不僅破破碎碎而且通常二手三手扭曲變形真偽難分，半首歌、一句話、幾個人名、沒頭沒尾的一截故事、一張語焉不詳的照片云云，都被人視若珍寶地收藏和不斷炫耀傳頌。因此，那年代的臺灣社會的確有著一抹武俠小說世界也似的身影，人也會武俠中人也似的行動，有秘本，有畢生獨門絕藝，有遠方傳說中的高人……

臺灣如此，香港社會何嘗不是如此？的的確確在那個時代，如果你手上有別人沒有的一張兩張唱片，這就是獨門秘訣了；如果你手上有舊本的《辭海》，可以寫出多少文章？那個時代沒有谷歌，沒有維基，沒有人知道你的這些東西到底是從哪裡抄來的，所以「啟蒙學習彷彿得從收拾包袱、告別父母親人、下定決心此去不回頭開始」。這就是武俠小說的開頭。

好了，唐諾還要提醒我們：「今天來看，成果當然是可疑的而且通常並不划算。」他的意思是說，大仲馬、弗萊明實在不算什麼了不起的作家，或是什麼特別值得學習的對象，在學習、偷抄的時候風險還蠻高的——不是被發現，而是沒有抄到好的東西。

這裡很關鍵的一件事，就是要告訴我們，在那樣的環境裡，即使是如此封閉，畢竟光是在「江湖」的套路上，一直套、一直套，人們還是會厭煩的。只要逮到機會，還是想要放一點新鮮的東西。

但這是兩面刃，一面你放進新鮮的東西，就破壞了江湖、武林；另一面你不放新鮮的東西，江湖、武林就在這種套路的寫作中停滯下來，也就慢慢失去了吸引讀者的能力。

金庸的《鹿鼎記》就是在這樣一個節骨眼出現的。一方面，金庸寫出了不得了的突破；另一方面，當他把歷史元素融合到這種地步，就像古龍，他把江湖系譜都趕出自己的小說外，江湖、武林這個舞臺就被他們兩人拆完了。

這也是為什麼金庸在他的最後一部小說裡，創作出如此特別的主角韋小寶，因為他必須寫出一個過去的武俠小說從來沒出現過的角色。但寫完了之後，就連金庸自己都沒辦法繼續再寫了。

第三章

《書劍恩仇錄》

歷史武俠的嘗試

01「如果」傳說是真的……

從傳統武俠小說的標準來看，作為金庸起手式的第一部作品《書劍恩仇錄》，其實已經寫得非常好看。到了《碧血劍》，在小說筆法上又有著飛躍的進步。光是創作出這兩部作品，金庸已算得上是非常稱職的武俠小說作者，甚至可說是第一流的武俠小說家。但這兩部小說後來之所以被忽略，主要原因是自《射鵰英雄傳》之後，金庸在創作上又昇華到了另一個境界。

毋庸置疑，金庸創作前期的關鍵性成就是「射鵰三部曲」——《射鵰英雄傳》、《神鵰俠侶》及《倚天屠龍記》，讀完這三部曲之後，讀者就覺得《書劍恩仇錄》與《碧血劍》的風格沒有那麼「金庸」了，不是他的招牌著作。三部曲之後，金庸又寫出風格截然不同的《天龍八部》，及至晚期又創作出膾炙人口的《鹿鼎記》。這是就風格而言，劃分金庸的創作特點。

但重讀《書劍恩仇錄》與《碧血劍》，有其意義。第一，重讀這兩部小說，更容易探討《射鵰英雄傳》前後的金庸風格；《書劍恩仇錄》、《碧血劍》是金庸作為傳統武俠小說作者的作品，到了第三部《射鵰英雄傳》之後，金庸發展出獨特的風格，在武俠小說領域中自成一家之言。第二，雖然在《書劍恩仇錄》、《碧血劍》時期，迷人的金庸風格還未形成，但已經在這兩部小說中出現某些原型。

在《書劍恩仇錄》裡，金庸最不容輕忽的一個大膽嘗試是——在武俠小說的傳統架構中置入歷史元素。這部小說不只有極其明確的時代背景——清代乾隆朝，更重要的是，金庸在小說的框架中，挑戰、挑釁了明確記載於歷史典籍中的真實人物。乾隆皇帝是小說角色，甚至可以說，小說之所以成立，是以乾隆皇帝的身世傳言作為敘事的核心。海寧陳家也出現在小說中，清朝初年，海寧陳家曾在朝廷佔據重要分量，位居重臣，也牽涉雍正奪嫡的諸多傳言。

在清朝，皇帝不是最高權力者，上面還有祖宗家法，皇帝必須依照祖宗家法治國。從皇太極以下，祖宗家法規定不立嫡，意味著嫡長子並非必然繼承皇位，而是在多位阿哥們中進行考核。因此，也必然形成諸皇子之間的競爭。康熙在位六十年，他的眾阿哥們在漫長的等待中，沒有人知道誰是下一位繼承者，所以當然會發生各種明爭暗鬥的事情。據史書記載，四子及十四子繼承皇位的呼聲最高，才有

「傳位十四子」被篡改成「傳位于四子」的傳言。

但從史實上來看，這則傳言完全站不住腳，因為清朝所有的詔書都是滿、漢文對照，不可能用同樣的方法來篡改滿文詔書。直到雍正皇帝登基後，開始採取秘密建儲的辦法，生前不公開立皇太子，而是把寫有皇位繼承人的秘密遺詔放置在「正大光明」匾額後面。皇帝駕崩後，取下遺詔，才知道是由哪位皇子繼承皇位。

回到康熙一朝，皇帝在決定繼承者的同時，也意識到自己已經年邁的事實，同時他的眾多阿哥也已到了壯年的年紀。清朝歷史上，康熙不只長壽，而且精明。這時，皇位競爭的條件就不只在於哪位皇子比較成器，還必須同時衡量皇孫這個重要因素。因此，民間流傳著一則關於皇孫的傳言，尤其海寧人更加熟知，因為其中牽涉到海寧陳家。史料上也的確存在這個巧合：四阿哥胤禛，也就是後來的雍正，他的兒子出生的時候，海寧陳家也誕生了一個女兒。

傳言是陳家實際上生的是兒子，胤禛得到的是女兒，為了確保自己比其他皇子更早有兒子，胤禛就硬逼著陳家割捨親生子，兩家調換嬰孩，而陳家的這個兒子就是日後的乾隆。所以，乾隆是漢人，而且是海寧陳家的後人。《書劍恩仇錄》的寫作素材擷取自這段歷史傳說，小說的核心不是武俠故事，而是歷史事件。其敘事方式，是以「如果」（what if）穿插小說架構：如果這個傳說是真的，乾隆的確是漢人、是海寧陳家的後人，接下來會發生什麼情況？金庸借由懸疑的傳說來佈局小說情節，鋪陳出奇特的安排。

乾隆這個角色具有強烈的戲劇性，他後來得知自己是海寧陳家的後人，暗中去祭拜親生母親的墳墓，在那裡遇到他的親兄弟陳家洛。可是此時的陳家洛是紅花會總舵主，紅花會是反清復明的組織，兄弟倆各自身分的差異強化了小說的戲劇性衝突。兄長是清廷皇帝，而弟弟的事業是推翻清廷，於是兄弟之間的血緣問題，擴張成了朝廷與紅花會之間的關係，也就是滿、漢民族的對立。

首先，這個設定極為大膽，因為這是歷史上的大假設，極為難寫。其次，必須追究，為什麼沒有其他作者也用同樣的方式寫武俠小說？這是金庸的自信，因為他長期浸淫在中國傳統典籍當中，精通傳統士人、文人所熟稔的知識學問。《射鵰英雄傳》裡的黃蓉為什麼那麼有趣？原因就在於金庸把近世以降的文人文化寫到了黃蓉身上。可是那只是小趣味，還有更大的背景，他沒有將之寫在任何角色身上，而是寫在武俠小說的架構中——從一開始創作《書劍恩仇錄》與《碧血劍》，他就構思了大的設計，在小說中寫翻案歷史。

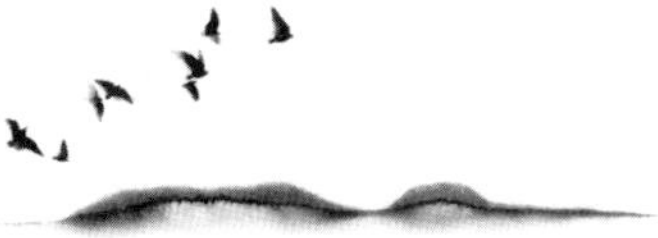

02 考據學的繼承者

金庸小說結集成冊的時候，還包含了注釋與附錄。世上哪有武俠小說有注釋、附錄？這些注釋、附錄都是針對武俠小說當中的虛構部分，或是金庸參用的史料、典籍記載，進行考據與對照。讀到後來，你可以察覺到金庸在歷史考據方面的癖好。例如，《碧血劍》後面附上〈袁崇煥評傳〉，來自金庸梳理袁崇煥生平史料的感觸；《射鵰英雄傳》附有〈成吉思汗家族〉。這些說明了金庸本人特別的來歷，即作為海寧查家的後人。位於浙江海寧如錢家、查家，都擁有最關鍵的知識學問——清朝的正統考據學。

是的，金庸不只是報人、武俠小說家，其實還是考據學傳統的繼承者。雖然他不是正式承繼了這種知識系統，可是他擺脫不了考據學帶給他的深刻影響。高陽也是如此，在這方面的造詣，高陽比金庸更加深厚。考據學主要的工作是對古籍加以整理、校勘、注疏、輯佚，及至清末再擴張下去，演變成「疑古」。高陽學會了這一套本事，發揮在考據掌故小說和筆記小說上，成就了他驚人的學問。

金庸也將這套方法與歷史知識運用在他的第一部小說中。如果乾隆皇帝是漢人，接下來會發生什麼事？照道理推測，接下來乾隆的漢人弟弟會策動紅花會造反，因為紅花會的宗旨就是推翻清廷。然而意外發現清朝皇帝身上流的不是滿人的血，而是一個貨真價實的漢人，在金庸穿針引線下，紅花會的使命轉移了，這也是小說吸引人的地方。之後的敘事則圍繞在如何藉由兄弟之情，說服乾隆承認自己是漢人，轉而將清廷變成漢人朝廷，如此一來，不用流血就能達成紅花會的使命。

這是多麼龐大的命題，金庸的第一部小說，已經烙印上後來他其他武俠小說的根本關懷。例如，他就是放不下種族之間的隔閡與對立關係，像《書劍恩仇錄》裡的乾隆，究竟要不要承認自己是漢人？一旦承認，似乎所有難題都會迎刃而解。他的第一部小說的敘事或許相對天真，但顯然種族之間的選擇、政權之間的抉擇，與金庸過去的經驗有密切關係。換句話說，日本入侵中國，切身經歷過戰爭的威脅，對他而言是非常大的衝擊。

03 群戲的能耐

一九五五年，金庸創作第一部武俠小說《書劍恩仇錄》，我們可以清楚看到幾件事。

首先，雖然他才剛初試啼聲，但對於書寫武俠題材已經非常熟練，不需要經過練習。我們沒有看到那種非常生澀、像習作一樣拙劣的內容。從一開始，金庸就已經擁有最基本的技能，尤其是如何佈局，如何利用連載的邏輯將小說一環一環地扣住，同時儘量延續連載的長度。

例如，雖然《書劍恩仇錄》的主角是陳家洛，不過陳家洛這個人在小說裡第一次出現，是從別人口中提到的，說有這麼一位少舵主，他不接受義父遺命，不願意總領會務。等到陳家洛真正現身的時候，仍然只是一個過場。紅花會的人紛紛敦請陳家洛出任總舵主，陳家洛沒有任何明顯行動，只是接受了總舵主這個身分。

他在小說裡真正成為一個重要角色，已經是小說進行到八分之一的時候了。那麼前面呢？都是各種不同線索的鋪陳——從隱居的陸菲青和他的女徒弟李沅芷說起，接下來引出關東六魔，接著再安排文泰來受傷、鐵膽莊遭圍攻等。金庸非常嫻熟於勾連這些旁支人物。

其次是酣暢淋漓地描寫武打場面，從中牽扯出各門各派之間的糾葛，同時非常精細地呈現各幫會、門派的特質。例如陸菲青，一出場先是內家拳術，又是柔雲劍法，完全傳承了武當派的武功。這是金庸依循傳統武俠、江湖的系譜去創作的。

另外，金庸最在行的本事就是寫群戲，以及開展出諸多配角與支線的故事。比如其中一條線，是四當家文泰來和他妻子駱冰的鶼鰈情深，文泰來身受重傷，駱冰死命保護丈夫。從這條故事線勾連出去，是十四弟余魚同暗戀駱冰，一度感情失控，雖然並未真正侵犯她，但自此之後深感愧疚。再從這個支線埋藏伏筆，描述小說人物內在心理狀態，後來每當余魚同出現，金庸就會強調這個角色的心理陰影。

還有鐵膽莊莊主周仲英戲劇性的家庭悲劇——唯一的獨子死了，妻子又離家出走，而後女兒周綺與紅花會七當家徐天宏發展出曖昧情愫。金庸在寫男女之情時也很細膩。他不寫一見鍾情式的愛情關係，而是讓周綺與徐天宏一開始彼此看不順眼，直到患難相處後，才有了逆轉而互生好感。

金庸寫《書劍恩仇錄》的成就，在於創造了精彩至極的群戲，而不是一般武俠小說家擅長的主角戲。小說裡設定的幾幕最高潮的場景，都是群戲。例如西湖邊，陳家洛與乾隆兩次相會。第一次，乾隆以東方耳的名字與陳家洛初見交談。第二次，陳家洛已經知道東方耳的真實身分就是乾隆皇帝，便邀他湖上賞月、共謀一醉。陳家洛帶著整個幫會在湖邊等乾隆赴會，乾隆身邊也是跟著一票人，「西湖邊上每一處都隱伏了御林軍各營軍士，旗營、水師，李可秀的親兵又佈置在外，一層一層的將西湖圍了起來。」這個場景在其他武俠小說看不到，它最特別的地方是「組織對組織」的排場，一邊是清軍，另一邊是陳家洛領頭的紅花會，兩方各召集大隊人馬在湖心相會，最後是紅花會在武技和埋伏上勝過了御林軍。

然後再有第三次相會，陳家洛回到海寧老家，又遇到了乾隆，間接揭曉了乾隆的身世之謎。再往下，故事的核心越來越明顯，原來小說前半部寫營救文泰來，就是因為文泰來知曉乾隆的身世之秘，待乾隆出現之後，轉而就寫紅花會如何挾持皇帝。陳家洛要乾隆同意反滿復漢，把滿洲人驅逐出去，但相應的有一個條件——陳家洛必須取得已故總舵主放在回部的幾樣東西，也就是乾隆的出身證據。小說場景由此又再一變。

04 突破時代禁忌的兩性關係描寫

乾隆和陳家洛在六和塔談判的時候，突然之間「天山雙鷹」現身攻塔，整部小說的故事線也轉向天山。在回疆，出現了一段有趣的插曲，那就是李沅芷癡戀余魚同。

在金庸的筆下，李沅芷又聰明又調皮，她的癡戀有一部分就來自她這種愛捉弄人的個性。但金庸的琢磨不止於此，他讓李沅芷這個角色主動地追求余魚同。到了回疆古城那一段，眾人在古城遇到了大仇人張召重，這時李沅芷假意被張召重擒住，用計把張召重困在迷城裡。在通往張召重藏身處的路上，她沿途做了記號，只有她能找到他，想用這種法子策動所有人完成她的心願。這是了不起的計謀。

她拋下張召重，重新與群豪會合，所有人都覺得怪怪的，李沅芷怎會毫髮無傷地逃出來，而且言語和行動中都有很多破綻。回部智者阿凡提一想就點出了關鍵：

「明路就在他（余魚同）身上。」

大家試著探問，李沅芷的藉口卻是，我失魂落魄，什麼都忘記了。這個時候，駱冰在李沅芷的耳邊低聲說：「你的心事我都明白，只要你幫我們這個大忙，大夥兒一定也幫你完成心願。」然後就拉余魚同到旁邊說了好一陣子話。余魚同本來頗見為難，後來下了決心：「好，為了給恩師報仇，我什麼都肯。」

余魚同怎麼跟李沅芷說的？他說：「張召重那奸賊害死我恩師，只要有誰能助我報仇，我就是一生給他做牛做馬，也仍是感他大德。」李沅芷當然不領情，把他給罵跑了。為了讓李沅芷心甘情願帶路，駱冰只好以言語相激，要請出她的師父陸菲青。伶牙俐齒的李沅芷忙說：「女子要三從四德，這三從中可沒『從師』那一條。」

到了這個時候，駱冰終於想到了辦法，李沅芷說「三從四德」，是要從誰呢？當然不會是遠在杭州的父親李將軍，那只有一條路，如果她成了親，「丈夫叫她領路，她一定既嫁從夫了。」這一語點醒了陸菲青，就請天池怪俠袁士霄當男方大媒，天山雙鷹任女方大媒，余魚同當場用半截金笛下定，終於圓滿了李沅芷癡戀余魚同的心事。

金庸非常擅長寫這類的癡戀故事，在他的小說裡，會一而再、再而三地運用並翻轉這樣的故事和角色。例如，鐵膽莊莊主的女兒周綺，一開始在所有的紅花會群豪中，最受不了、最看不順眼的就是徐天宏，最後卻在金庸筆下，發展成一對個性互補的歡喜冤家。

這是金庸的特殊本事，他寫的愛情相對是細膩的。除了武林的故事，他的愛情觀往往是另一條故事的主軸。從《書劍恩仇錄》開始，金庸就毫無保留地在小說裡刻畫女性角色，以及她們的內心與情感。李沅芷可以說是金庸小說的女性角色中最早的一個原型。

當然用今天的眼光看，在描寫兩性關係時，這階段的金庸還是比較保守的。

例如在《射鵰英雄傳》裡，郭靖和黃蓉兩人朝夕相伴，甚至在牛家村密室中七天七夜雙掌相抵，這樣的兩人還不明瞭什麼是男女的肉體關係。及至一燈大師替黃蓉治病，訴說周伯通和瑛姑之間的孽緣，黃蓉也不懂什麼是夫婦之事，什麼是肌膚相親，也不明白劉貴妃（瑛姑）怎麼會懷上了周伯通的骨肉。

不過，金庸這一部分的保守，到了《神鵰俠侶》又有重大的突破，要藉由這種男女的肉體關係，來刻畫小龍女心境上激烈的轉變。

她黑夜視物如同白晝，此時竟然不見一物，原來雙眼被人用布蒙住了，隨覺有人張臂抱住了自己。這人相抱之時，初時極為膽怯，後來漸漸放肆，漸漸大膽。小龍女驚駭無已，欲待張口而呼，苦於口舌難動，但覺那人以口相就，親吻自己臉頰。她初時只道是歐陽鋒忽施強暴，但與那人面龐相觸之際，卻覺他臉上光滑，決非歐陽鋒的滿臉虬髯。她心中一蕩，驚懼漸去，情欲暗生，心想原來楊過這孩子卻來戲我。

從這一段開始，到了創作最後，就有了《鹿鼎記》中韋小寶與七女同床的這種戲碼，韋小寶低聲哼著〈十八摸〉，胡天胡帝，徹底突破了保守的尺度。

05 武功的限制在哪裡？

除了人物之間的感情關係之外，在《書劍恩仇錄》陳家洛遠赴天山的場景裡，金庸還寫出了一種異域情調，鋪設了超越世俗環境的懸疑情節——狼群的出現。

其他的武俠小說基本上不會這樣反覆描寫狼群，而在金庸的寫法裡，狼群的出現在於強調：這些所謂有武功的人，他們運用武功的限制在哪裡？這是他特別的用意——你再怎麼武藝超群，一旦身陷狼群，很難不被群狼給吞噬。

關東三魔用兵刃打死了十多頭狼，仍然難敵群狼猛撲，只好跳到樹上去躲避。小說中的大反派張召重悲慘的死法，就是被余魚同扔進沙城的惡狼群中。張召重武功再高，一旦身陷狼群當中，一點辦法都沒有。

所以，大自然是武林的一道限制。金庸善用武林的限制，對比出絕世武功並不是始終無往不利的。武俠小說裡的人物，如果武功太高、太強，他們就不會碰到困境，不會遇到挑戰，小說就很難寫了。

武俠人物除了無法逃避大自然的限制和威脅，在千軍萬馬面前，也會無能為力。

《書劍恩仇錄》裡，我們看到陳家洛和紅花會群雄到了回疆，其中一次極大的危難，就是被兆惠所帶領的軍隊包圍。這段情節的用意也在探討武功的限制，武林高手還是無法戰勝正規軍隊。讀到此處，讀者也許會有些悵然若失，原來再厲害的武功也無法每次都創造奇蹟。這是金庸把武俠小說從傳奇拉回到現實的一面。

回到前述平江不肖生的武林、江湖系統。武林、江湖是平行於俗世之外的隱性世界，這個世界自有其生存邏輯，以及恩怨情仇。江湖的這種特質，可以說是武俠小說作者和讀者之間的一種自我保護意識，意味著真實的世界和江湖是不隨便交集的，只有倒楣的少數人才會遊走在俗世和武林之間。最典型、最常見的角色，就是客棧的店小二。

即使是擁有一身好武藝，這些武林人士還是需要填飽肚子，他們經常在客店裡一言不合，就要動武交手。倒楣的常常都是店小二，在混戰當中要嘛被戲弄，要嘛被打傷，甚至不幸身亡。店小二就是不慎闖到武林之中，被牽連在江湖紛爭裡的少數人。

除此之外，超現實的武林不會任意和俗世有交會。二十世紀中葉時，武俠小說如此盛行，就是因為閱讀小說的同時，得以暫時逃避、擱置現實。

可是金庸一開始就對這樣的武俠世界通則不滿意，所以在創作《書劍恩仇錄》時，不僅捨棄了江湖和俗世平行的狀態，更利用武俠世界作為背景，寫正史出現過的人物。如此一來，真實存在過的歷史，就和江湖、武林相交接，兩個世界有了連結。

金庸的用意是要超越傳統武俠小說的寫作範圍，這和他自己的身世，和他流亡時的逃難經驗有極大的關係。他寫武俠小說，並沒有天真地逃避現實，因為他自己也逃不過戰爭曾經帶給他的那種威脅感。

江湖裡的俠客，他們也沒有辦法輕鬆地越過戰爭的壕溝。真正的戰事爆發，武林終究會被無情的戰火轟碎。

《碧血劍》裡也有一段類似的描述，那是闖王李自成攻佔北京後，即使袁承志武功再高強，仍然無法挽救自己所支持的政權，只能眼睜睜看著它墮落、腐敗，只能徒呼負負，多麼令人悵惘。

這樣的主題出現在袁承志身上，也出現在陳家洛的困境之中。他在回疆被兆惠的鐵甲軍包圍，這就不是比武功了，而是完全不一樣的鬥爭。最後還是要依靠霍青桐，帶著回族部落的旗軍，以軍隊對軍隊，才能夠打敗兆惠。金庸在小說框架中，以主角的困境與無能為力，凸顯了戰爭歸戰爭，武林歸武林。

戰爭的面相也一而再、再而三地出現在金庸的小說裡。

《射鵰英雄傳》存在著兩條故事線，一條是武俠小說的傳統敘事，就是要爭奪《九陰真經》，那是武林的至高秘笈；還有另外一條，就是爭奪《武穆遺書》，那是岳飛所留下的兵書。

在小說最後，郭靖、黃蓉名震江湖，所向披靡，武功的造詣又到了出神入化的地步，這個時候就意味著，作者很難在這兩個角色上，繼續安排讓人膽戰心驚的危難情節。於是，金庸一方面安排郭靖、黃蓉去守襄陽城；另一方面，從《射鵰英雄傳》到《神鵰俠侶》，敘事主軸就從郭靖、黃蓉身上移開了，讓楊過取而代之。

郭靖的成就，是由《九陰真經》、《武穆遺書》這兩部書一起造就的。兩軍交接的時候，《九陰真經》就無用武之地，必須靠著《武穆遺書》的兵法指點，才能夠度過難關。

金庸的第一部武俠小說《書劍恩仇錄》，可以幫助我們看到金庸小說創新與突破的幾個面向。

06 少林寺最難過的關

在《書劍恩仇錄》裡，故事的主軸線是繞著陳家洛的，他從回疆返回中原便前往少林寺，要去取得乾隆身世的證據。這條故事線依循了中國戲劇的藝術形式及套路，但是金庸仍然在其中運用了獨特的敘事手法。

少林寺數百年來的慣例是，如果少林弟子違反了清規戒律，情由是不能向外人洩露的。陳家洛遠道而來，要求問他的義父、少林被逐弟子于萬亭的俗世情緣，依照寺規是不允許的，但是少林方丈又明白這件事關係到天下蒼生氣運，所以破了一個例。

破什麼例？就是叫陳家洛自己到戒持院去取案卷。本來陳家洛以為難題已經解決了，可是周仲英提醒他，不是這麼回事，去到戒持院必須先經過五座殿堂，每一殿都有一位武功高深的大師駐守，要闖過了五殿才可抵達。

這闖五關的橋段，金庸竟然變換出各式各樣的把戲。每一關要有它的精彩之處，就不能是單純的比武或廝殺。如果作者沒有充分的構思、安排，在寫這樣的段落時，敘事就會變得單調乏味。所以陳家洛連闖五殿，金庸便給每一關都設下了特定的比武規則。

第一關是妙法殿，比試掌法，最簡單。到了第二殿，駐守的是大癲大師，用他的瘋魔杖把關。到了第三殿就開始有了變化，藏經閣的主座大癡大師笑容可掬地在那裡迎接陳家洛，要跟他比試暗器。

這裡顯現出金庸和其他傳統武俠小說家在寫作上的區別，他定的比賽規則是這樣的：

> 大癡笑道：「你我各守一邊，每邊均有九枝蠟燭，九九八十一炷香，誰先把對方的香燭全部打滅，誰就勝了。這比法不傷和氣。」向殿心拱桌一指道：「袖箭、鐵蓮子、菩提子、飛鏢，各種暗器桌上都有，用完了可以再拿。」

陳家洛本來就擅長暗器，圍棋子就是他的獨門暗器，他的衣囊裡隨時都藏著一把棋子。所以他一起手，就用師父教他的滿天花雨手法，將五顆棋子一把擲出，五炷香應聲而滅。

大癡大師讚聲連連，然後把頸中一串念珠的繩子扯斷，也拿了五顆念珠打出，打滅了五炷香。不過大癡隨後連揮兩下，把對方的九枝蠟燭先打滅了。燭火一滅，黑暗中香頭火光看得越加清楚，就更容易取準頭。

陳家洛這時候才領悟，卻太遲了。他連忙打向大癡的那排燭火，棋子卻都在半途被對方擊落，他的用意不但被大癡識破，恍惚間又被大癡乘機打滅了好幾炷香。一時之間，陳家洛陷入困境。

金庸接著寫出精彩的轉折，眼看陳家洛這第三關要闖不過去了，雙方手上的暗器也快用完了。大癡禮讓陳家洛先到桌上拿暗器，陳家洛突發奇想，一下子把桌上所有的暗器一掃而空，全部收到自己的衣襟裡。輪到大癡要來拿，一摸桌上卻什麼暗器都沒有了。

憑藉著這種急中生智，陳家洛有驚無險過了第三關，沒有落入比武的俗套。

第四殿是達摩院首座天鏡禪師，陳家洛靠著在玉峯迷城中學到的奇異掌法，僥倖對拆了數十招而過關。最有趣的是最後一關，是由少林方丈天虹禪師坐鎮。陳家洛心想，第四關的天鏡已如此厲害，天虹是少林寺第一高手，怎麼能敵得過？再看這間靜室的空間窄小，不可能比拳腳暗器，多半要比內功，那就更加沒有取巧的餘地了。陳家洛驚疑未定，天虹禪師要他坐下後，竟然開始講起故事：

天虹禪師沉吟了一會，道：「從前有一人善於牧羊，以至豪富，可是這人生性慳吝，不肯用錢……有一人很是狡詐，知他愚魯，而且極想娶妻，就騙他道：『我知道有一女子十分美貌，替你娶做妻子吧。』牧羊人很是喜歡，給了他許多財物。過了一年，那人又道：『你妻子已給你生了一個兒子。』牧羊人從未見過妻子，但聽說已生兒子，更加高興，又給了他許多財物。後來那人又道：『你兒子已經死啦！』牧羊人大哭不已，萬分悲傷。」陳家洛頗務雜學，聽他說到這裡，已知是引述佛家宣講大乘法的《百喻經》。

天虹禪師的意思是說：世上的事不都這樣嗎？皇位、富貴，就像那牧羊人的妻子與兒子，都是虛幻的，你為什麼還要一直掛在心上，費力以求？得了就覺得歡喜，失了就覺得悲傷？你是不是也在追求這些虛幻的東西？

陳家洛聽了，也說了個故事，同樣引用《百喻經》：

陳家洛道：「從前有一對夫婦，有三個餅。每人各吃了一個，剩下一個。兩人約定，誰先說話，誰就沒餅吃。……兩人僵住了不說話。不久有一個賊進來，把他們家裡的財物拿走了。夫婦倆因有約在先，眼睜睜的瞧著不說話。那賊見他們如此，大了膽子，就在丈夫面前侵犯他的妻子。丈夫仍然不理。妻子忍不住叫了起來。賊人拿了財物逃走了。那丈夫拍手笑道：『好啊，你輸啦，餅歸我吃。』」天虹禪師本來就知這故事，但聽到此處，也不禁微笑。陳家洛道：「為了一點小小的安閒享樂，反而忘卻了大苦。為了口腹之欲，卻不理會賊子搶己財物，侵犯自己親人。佛家當普渡眾生，不能忍心專顧一己。」

聽了陳家洛的回應，天虹再說一個故事：

天虹道：「從前有個老婆婆，臥在樹下休息，忽有大熊要來吃她。老婆婆繞樹奔逃，大熊伸掌至樹後抓拿，老婆婆乘機把大熊兩隻前掌捺在樹幹之上，熊就不能動了，但老婆婆也不敢放手。後來有一人經過，老婆婆請他幫忙，一同殺熊分肉。那人信了，按住熊掌。老婆婆脫身遠逃，那人反而為熊所困，無法脫身。」陳家洛知他寓意，說道：「救人危難，奮不顧身，雖受牽累，終無所悔。」

於是天虹拂塵一舉，讓陳家洛進了戒持院，算是過了第五關。這第五關不比武功，比的是講故事，以及藉由故事來顯現自己的心意。這當然不是傳統武俠小說的寫法。金庸雖是抄書，但他抄得真高明。這種閱讀上的小趣味也是金庸小說的迷人之處，因為超越了讀者的預期。

陳家洛就這樣通過五殿的考驗，取回可以證明乾隆身世的證據。

07 失敗的故事是令人回味的

故事發展到這裡，似乎進入越難收拾的階段。《書劍恩仇錄》的敘事主軸，就是陳家洛要讓乾隆知道自己是漢人，以及如果乾隆確信自己是漢人，他會怎麼做？陳家洛和紅花會的英雄們，闖過一個接一個難關，完成了乾隆皇帝的請求。再下來要怎麼寫？若要符合歷史，紅花會最終的結局必然是失敗的，而這個失敗的結局，絕對無法取悅讀者，因為讀者在閱讀過程中很容易將自身的得失投射在主角身上。

金庸一心一意要寫歷史武俠小說，然而，當歷史事實注定得讓主角陳家洛吞下敗果，那小說該如何收場？於是只好讓皇太后發現這件事，再去威脅乾隆，不但分散他的兵權，還搬出雍正的秘密遺詔。在太后表態之後，乾隆反悔了，把心一狠，決意要誅滅紅花會，推翻了原先和陳家洛的約定。

接下來呢？乾隆用「反清復明」的興復大業為條件，逼迫陳家洛勸說香香公主入宮為妃，為小說結尾做了鋪陳。在西長安街清真禮拜寺裡，香香公主只能以身殉情，向陳家洛示警：

對於一個虔信宗教的人，再沒比靈魂永遠沉淪更可怕的了，可是她沒有其他法子。愛情勝過了最大的恐懼。她低聲道：「至神至聖的阿拉，我不是不信你會憐憫我，但是除了用我身上的鮮血之外，沒有別的法子可以教他逃避危難。」於是從衣袖中摸出短劍，在身子下面的磚塊上劃了「不可相信皇帝」幾個字，輕輕叫了兩聲：「大哥！」將短劍刺進了那世上最純潔最美麗的胸膛。

小說最後，紅花會算是慘勝，只不過全身而退。故事戛然而止，陳家洛一路的努力，最後無法說服乾隆，無法將乾隆變成漢人皇帝。

《書劍恩仇錄》寫完，很快又創作第二部《碧血劍》，金庸進步神速，顯然已經瞭解他在《書劍恩仇錄》所犯的毛病。

其中一個毛病是，他太在意連載的形式，在小說開頭設置了多條線頭，以至於過了八分之一的篇幅，主角和主線才浮現。另一個毛病是，主角陳家洛是一個沒有武功來歷的人，他正式登場的時候，已經身懷絕技，緊接著就擔任紅花會總舵主。金庸沒有用「傳」的寫法來鋪述陳家洛的來歷。

前一章提過，平江不肖生在武俠寫作上的重大貢獻，就是用史書的紀傳體形式，為每一個本來是虛構的武俠人物都描寫了身世。介紹一個角色，一定要從他的籍貫講起，包括他的祖輩、父母親是誰，他的家世背景如何，更關鍵的是，他的功夫來自何門何派，這是固定的寫法。陳家洛缺乏這樣的來歷，我們也就不容易對陳家洛留下像後來金庸小說其他主角的那種深刻印象。

在寫《碧血劍》時，金庸立刻修正了這個缺點，讓主角袁承志及其他角色在小說中都有了來歷。相較之下，《碧血劍》的寫作技巧比《書劍恩仇錄》要成熟。

不過，作為金庸的起手式，《書劍恩仇錄》突破了傳統武俠小說的寫作模式，開創了新的敘事手法，是一個不俗的起點。

第四章

《碧血劍》

復仇與抉擇

01 複式的時間敘事

金庸在《書劍恩仇錄》中處理了大的歷史問題，到了第二部《碧血劍》，他非但沒有收束，反而構思了一個更大的歷史命題。他把時代往前推，推到一六四四年明朝滅亡的關鍵時刻。同樣的，不只有確切的時代背景，小說中還有極重要的歷史人物，那是名將袁崇煥。但袁崇煥並未真正登場，而是由他的兒子袁承志代父上場。小說從袁崇煥的遭遇開始設置伏筆，讓袁承志作為小說主角，從他的身世開始敘事。

《書劍恩仇錄》的敘事，可以歸類為一種直線的時間。從開場陸菲青的現身一直到結尾香香公主的墳塚，小說維持在同一方向的線性敘事，時間是一直往前走的。但是到了《碧血劍》，開始出現複式時間的敘事，為了方便描述各個角色的不同來歷。換句話說，金庸在他的第二部小說，開始學會了如何鋪陳小說的主軸，讓情節一環扣一環，持續地吊住讀者的胃口。

一般來說，最先出場的角色通常都不是重要人物，而是藉著這些角色勾連出關鍵的情節，在高潮迭起的故事中，陸續上場的武俠人物功夫越來越高，藉以符合讀者越來越高的期待。《碧血劍》等於是回頭套用了傳統武俠小說的寫作模式，只是金庸寫得更加精緻。

到了修訂版，金庸先從張朝唐開始寫起。張朝唐是個從海外歸來的華人，從張朝唐遇差匪引出仗義鏢頭楊鵬舉，再從楊鵬舉引出一個讓讀者覺得神秘又好奇的情節——他們逃到山間農舍躲藏寄住，卻偷窺到恐怖的血案。接著糊里糊塗跟著人上了聖峯嶂，這個時候孫仲壽上場，孫仲壽是《明史》裡有傳、確實存在過的歷史人物。由孫仲壽又引出了袁崇煥過去的部將，他們都要上山去祭拜袁崇煥，最後再引出袁崇煥的遺子袁承志。

釐清了小說原來是要寫袁崇煥的兒子袁承志，接下來的情節就要解釋，袁承志如何從將軍之子變成身懷絕技的武林人物。袁承志的第一個師父是崔秋山，接著崔秋山把他交托給安大娘，安大娘又把他交給華山派掌門穆人清。袁承志跟穆人清學武的時候，又遇到了木桑道人。木桑道人不是他正式的師父，教他武藝是為了要袁承志陪他下棋，但這些功夫後來在臨敵時非常有用。袁承志之後又有一段奇遇，成了金蛇郎君的隔世弟子。

這就是一種複式時間的敘述，不像《書劍恩仇錄》著力於發展多條支線，而是從一個故事主軸分枝出小說中的各色人物。這些人物又各有回憶，藉此去追溯他們到底發生了什麼故事。比如小說裡讓安大娘重新出現，就是借這個機會去追溯安大娘的過往，原來她有個投身錦衣衛的丈夫安劍通。又比如穆人清這個角色帶出了華山派的系譜和眾弟子，並牽連到木桑道人。

在《碧血劍》裡，另一個重要的線索是金蛇郎君，與他有關的情節幾乎佔了全書三分之一的篇幅，有著非常複雜的身分來歷。十三歲的袁承志在華山絕壁的洞穴裡，發現了已經成為一副骷髏的金蛇郎君夏雪宜，得到了鐵盒中的《金蛇秘笈》。金蛇郎君跨越時空，成為袁承志絕世武功的最後一塊拼圖。

承繼了金蛇郎君的武功、金蛇劍和重寶地圖，袁承志藝成下山，這是小說的前半部。我們徹底瞭解了袁承志的出身和武功來歷。

袁承志下山之後，遇到闖王身邊的李岩，又再牽涉一樁奇異的黃金搶劫案，小說女主角溫青青出現了，後來我們知道她是金蛇郎君和溫儀的女兒。

金庸在《碧血劍》裡的角色塑造方式，和《書劍恩仇錄》有著很明顯的不同。這個時候，金庸為了讓故事主軸更吸引讀者，開始磨練他最重要的功夫，那就是：

如何讓角色藉由不同的個性，給讀者留下鮮明的形象。

金庸最早的兩部小說經常被忽略，但是回到他的創作原點，可以清楚發現他在創作技巧更迭上的線索與痕跡，對於我們體會、認知金庸完整的武俠世界，具有重大意義。

02 復仇故事裡的現實投射

第二章提及，連載小說的祖師爺是大仲馬的經典復仇故事《基度山恩仇記》。讀者對復仇的故事容易有感，遲來的正義（belated justice）讀來最酣暢淋漓，也大快人心。雖然正義被延遲實現，但在這過程中，讀者總是期待正義開花結果，並在「善惡到頭終有報」的結尾得到滿足。正義雖然晚來，但不是等不到，這是復仇故事最扣人心弦之處。

《碧血劍》的定位就是袁承志的復仇故事。在史實上，袁承志有兩個大仇人。

第一，崇禎皇帝下令誅殺袁崇煥，是殺死他父親的直接仇人，而且金庸還添加了一筆不共戴天之仇，讓袁承志長大後，得知他父親臨死時的慘狀；袁崇煥是以叛國罪名受凌遲之刑，當時滿人迫近明朝北境，很多老百姓恨之入骨，當場生咬他的肉，以致屍骨不全。

第二，袁崇煥被冤罪磔殺，最主要原因是他力抗後金（大清），所以滿洲人是袁承志的第二仇人。袁崇煥抗清這段歷史，《清史稿》和《明史》的說法不一。儘管清人後來修纂《明史》時，重修了這段記載，但仍留下不少原本史料的記錄。當時盛傳，是清軍使了反間計，讓明廷以為袁崇煥與清軍有密約，煽動崇禎皇帝殺了袁崇煥這顆滿人的眼中釘。

袁承志同時面對兩大仇人，立場艱難。在此種歷史情境下，金庸鋌而走險，讓袁承志轉而支持闖王李自成，以他的絕世武功協助李自成攻入北京城。

明朝究竟是如何滅亡的？後來一直存在著爭議。尤其在清初，許多士人心中認定兩個答案，但這兩個答案無法並存，其中牽涉到明朝遺民，包括士大夫對待清廷的態度。一個答案是，明朝亡於滿人入關。另一個答案則是大部分遺民的理性思考，認為明朝並非亡於清廷，而是亡於流寇。首先，攻破北京城的是闖王李自成，他搶走了陳圓圓，吳三桂「衝冠一怒為紅顏」，打開山海關投降大清，滿人的軍隊這才進入北京城，趕走李自成。吳三桂領清兵入關，名義上是借兵為崇禎復仇，然而一旦入關，滿人就賴著不走了，順理成章遷居中原。

這些歷史進程都被金庸寫進了《碧血劍》。在這部歷史小說中，金庸以極長的篇幅描寫袁承志如何遙奉闖王，認同李自成的理想，及至他如何暗領李自成號令，也和李自成手下部屬有不少來往，最後打開彰義門迎闖軍。闖軍入京，袁承志報了第一個大仇，崇禎皇帝上吊自盡，根本不需要他親自動手。但他還有第二個仇人，卻沒有辦法報仇，這是小說受限於史實的地方。李自成入主北京之後，不聽李岩等人的忠告，軍紀迅速敗壞，這讓袁承志非常失望。

《碧血劍》剛開始的設定是雙重復仇故事，但滿清入關、闖軍腐敗，袁承志無法掌控接下來的時局變化，沒有機會徹底完成他的復仇。由於復仇無望，主角心灰意冷，只好隱居到南方海島。

《碧血劍》寫於一九五六年，這樣的時代背景不可能不讓人察覺到小說中的歷史現實，有著香港讀者都洞悉的深刻寓意，因為他們之中不少人正是國事難為而流落到此島上的，金庸也成了其中之一。一九五〇年，金庸一度到新中國外交部求職未果，成為外交官的希望落了空，他才又返回香港，或許他並不確定——包括所有南來文人在內——自己留在香港的決定是否正確。一九五五年，金庸開始寫武俠小說。

追索金庸撰寫《碧血劍》的過程，小說的結尾，亦即袁承志最後的抉擇，必然與金庸的處境有密切關連。這個密切關連，不只是金庸本身的處境，也寫出了整個香港社會的共同命運與解答。金庸的春秋筆法並不是那麼隱晦，他寫一群人從鄉野中起家，輾轉獲得百姓的支持及眾多武林志士的加持，千辛萬苦地打進京城，然而一旦佔據權力核心，你讀到的是這個政權的墮落。

年輕的時候作為金庸的讀者，常會用一種天真的方式讀《碧血劍》。對大部分年輕讀者來說，小說中記憶最深刻的人物、情節，可能是金蛇郎君。沒錯，這個角色墊高了袁承志的武功來歷，也承載了他自己與兩個女子（溫儀、何紅藥）之間的複雜情愫。慶幸的是，到了五十幾歲，我變成了世故的讀者，重新閱讀金庸，讀到的是非常世故的訊息，這是年少時單純把《碧血劍》當作武俠小說來讀所捉摸不到的地方。如果讀不到這些暗藏在小說裡的訊息，也就不太可能明白金庸小說與其他武俠小說的差異何在；同樣都是連載形式，成就卻是雲泥之別。

03 歷史武俠無法擺脫真實「結局」

金庸第一部小說《書劍恩仇錄》寫陳家洛和紅花會的故事，第二部小說《碧血劍》以袁承志為主角，但兩部小說都遇到了棘手的問題——無法抗拒史實的存在。即使兩部小說都設定了讓讀者好奇的歷史大議題：如果乾隆皇帝是個漢人？如果袁承志報了仇，不但殺死崇禎皇帝，又阻止陷害他父親的滿清政權入侵中原，結果會是如何？只是讀者無須翻到結尾，就已經知道結局了。

另一方面，由於金庸寫的是武俠小說，面對的是一般大眾讀者，雖然無法扭轉歷史的大脈絡，但是對於他們知之較少的部分，作者可以在小說中盡情發揮。比如可以寫海寧陳家、寫雍正調包，甚至乾隆的虛構兄弟陳家洛，在陌生的歷史內容中添入虛構成分，宛如在歷史推理中發現新大陸，非常過癮。

不過，一般讀者都曉得乾隆這號人物，作者就沒有辦法改寫乾隆變成漢人皇帝。如果擅改了歷史上的認知，這部小說就不再是類型小說，讀者也很難接受這部作品。類型小說作者和讀者之間有一種默契，作者心中會有一把尺，知道讀者可以容忍虛構內容到什麼程度。如果乾隆成了漢人皇帝，清朝從此不存在了，這就打破了默契，讀者並沒有交付作者如此大的權力。

金庸的創作起手式，就藝高人膽大地寫歷史武俠小說，超越了一般的通俗小說、類型小說，獨特之處也更加顯著。美國猶太作家菲利普．羅斯（Philip Roth）寫過一本精彩絕倫的歷史小說《反美陰謀》（*The Plot Against America*），徹底改寫了二戰期間美國一場關鍵的總統大選。一九四〇年的美國總統大選，民主黨候選人是違背美國憲政慣例（總統只限兩任）、追求第三任期的羅斯福總統。真實的歷史情況是，在舉國投入戰爭的氣氛瀰漫之下，羅斯福順利連任第三任總統；一九四四年甚至連任第四任期，而死於任期間。

羅斯在小說中改寫了一九四〇年美國總統大選的結果，讓共和黨提名一個奇特的人物——查理斯．林白（Charles Lindbergh），他是人類史上第一位駕駛單引擎飛機橫跨大西洋的人，是位傑出的飛行英雄。

除了創下飛越大西洋的紀錄外，林白這個人也很有故事性。在政治立場上，他是個極右派者，許多美國大富豪都跟他交情匪淺，政商關係良好，後來林白夫妻還經歷了一件慘痛的悲劇。推理女王阿嘉莎．克莉斯蒂（Agatha Christie）曾將這件慘案寫進小說《東方快車謀殺案》裡。小說中破案的關鍵是阿姆斯壯綁架案，就是根據林白長子的綁架案改寫的。有歹徒覬覦林白的龐大財產，闖進林白家中，綁架了他二十個月大的兒子，後來林白雖支付了贖金，兒子仍然慘遭撕票。儘管克莉斯蒂虛構了某些情節，但仍然寫到了一些真實事例。例如小說裡的女傭就是關鍵角色，林白之子綁架案發生後，警方在調查過程中，將這名女傭列為犯罪嫌疑人，懷疑她裡應外合，勾結歹徒犯案。最後這名女傭承受不了壓力而自殺，這件慘案也在一九三二年震驚了全美。

羅斯在小說《反美陰謀》裡，描述林白競選美國總統，挑戰羅斯福的連任，結果林白成功當選了美國第三十三任總統。林白上任之後，美國社會也徹底轉變，因為林白是個大右派，還是最堅決、最邪惡的反猶主義者。那麼，羅斯挑選林白作為小說主角，他的寫作目的是什麼？正就是「如果」的小說敘事手法：如果那一年，一個反猶主義者當選總統，美國會發生什麼事？當然，作家更關切一件事：如果林白成為總統，當時美國境內的一百二十萬猶太人會遭受什麼樣的命運？

小說敘事非常精彩，描寫林白如何與希特勒結成聯盟，並且說服美國人民，為了猶太人而向德國宣戰非常不值得；美國人為什麼要為了猶太人犧牲性命，德國真的得罪了美國嗎？小說改寫、反轉了美國這一段歷史。這種敘事筆法，凸顯了美國社會究竟是以何種方式建立起多元文化，尤其揭露了反種族主義、反種族歧視的價值觀成立的真相。在羅斯的筆下，美國社會是多麼脆弱且不堪一擊，只要歷史出現偶然，就會產生不同結果。

寫歷史小說，不必然不能寫翻案文章。作為小說家，金庸並非不能寫紅花會最後推翻清廷、刺殺乾隆皇帝。但小說家必須遵守一個寫作上的限制——如果寫的是一本類型小說、通俗小說，創作空間就不像菲利普．羅斯寫的現代小說有這麼大的自由空間。這也是金庸所面臨的限制，讀者勢必會覺得武俠小說裡的歷史讀來索然無味。

《書劍恩仇錄》和《碧血劍》這兩部小說，也許當時的讀者追讀時沒有特殊感受，今日的讀者可能也是如此。但仔細再讀一次，就會察覺到這兩部小說隱含的問題——小說主要情節的設定，到後來都以失敗告終。金庸並沒有滿足廣大讀者的預期，畢竟讀者會期待站在陳家洛、袁承志這一邊，認同他們的理念，希望他們最後可以舉事／復仇成功。讀者在掩卷歎息之餘，該如何面對留下殘念的結局？更重要的是，金庸怎麼看待這兩部作品？

金庸察覺到寫歷史翻案文章非常棘手。不過，他始終放不下自己對歷史領域的高度興趣。

到了第三部小說《射鵰英雄傳》，金庸不改歷史作為故事背景的元素，嚴格來說也保留了部分春秋筆法。只是金庸修正了小說中歷史的寫法，稍微收斂了翻案的野心。讀者並沒有看到小說設定要郭靖改變蒙古國的企圖，或是改變蒙古、女真與漢人之間的關係。《射鵰英雄傳》中歷史發揮的作用，與《碧血劍》、《書劍恩仇錄》相比，簡直小巫見大巫。雖然金庸從史料中翻找出成吉思汗邀請丘處機前往漠北的書信，但在小說情節上，即使郭靖、丘處機為大宋出力，也只是稍微改變了不痛不癢的處境，讓蒙古人減少些殺戮，仍然沒有改變宋朝的命運。

《射鵰英雄傳》之後，金庸接著連載《神鵰俠侶》。此時，小說的歷史背景不再那麼重要，如果把《神鵰俠侶》的故事搬到其他朝代，仍然無礙於小說情節的開展，故事主軸仍然成立。不過，這並不表示金庸放棄寫歷史武俠小說，到了最後一部《鹿鼎記》中，他重新大量運用歷史元素，成功塑造了韋小寶這個奇特的角色。

第五章

《射鵰英雄傳》

俠之大者

01 暗含禁忌的「射鵰英雄」

由於金庸與《大公報》之間的淵源，以及後來自己創辦《明報》，長期以來，金庸就被臺灣當局視為左派報人／文人，他的武俠小說相當長一段時間在臺灣是被查禁的。一直到遠景出版社負責人沈登恩積極爭取將金庸作品解禁，一九七九年，臺灣當局終於以「尚未發現不妥之處」，允許發行金庸小說。解禁之後，《聯合報》副刊便開始連載《連城訣》，遠景出版社也陸續推出金庸小說。

遠景第一部推出的是《俠客行》，並沒有按照金庸作品的創作順序，而第四部出版的，是大部分人都覺得陌生的書名——《大漠英雄傳》，現在書市上也很難找到蹤跡了。《大漠英雄傳》就是《射鵰英雄傳》。

《射鵰英雄傳》的書名很有意思。小說主角是郭靖、黃蓉，他們身邊常常帶著兩隻白鵰，遇到危急的時候，也會呼叫白鵰前來解圍。可是郭靖既然從小將白鵰養大，和白鵰之間那樣親密，又怎麼會是射鵰者呢？書名為什麼叫做《射鵰英雄傳》？射鵰的英雄是誰呢？我們大概有兩個答案，一個是比較簡單的，這個射鵰英雄指的就是成吉思汗。但是還有一個稍微複雜一點的答案。

《射鵰英雄傳》為何改名為《大漠英雄傳》？起因來自毛澤東寫的一闋詞，詞牌名為「沁園春」，詞名為「雪」。依照毛澤東自己所說，這首詞創作於一九三六年二月，作詩的地點在陝北，恰巧是隆冬時節，雨雪紛飛，觸景生情而寫下〈沁園春．雪〉：

北國風光，千里冰封，萬里雪飄。望長城內外，惟餘莽莽；大河上下，頓失滔滔。山舞銀蛇，原馳蠟象，欲與天公試比高。須晴日，看紅裝素裹，分外妖嬈。

江山如此多嬌，引無數英雄競折腰。惜秦皇漢武，略輸文采；唐宗宋祖，稍遜風騷。一代天驕，成吉思汗，只識彎弓射大鵰。俱往矣，數風流人物，還看今朝。

這闋詞說，在北國冬天冰封的情景下，舉目所及，看不見任何草木，廣闊的黃河上下也頓失滔滔水勢。作者以「山舞銀蛇」、「原馳蠟象」寫冬日的奇幻美景，由於冬季雪勢，綿延的山脈像是一條會動的銀蛇；高原大地上鋪了一堆一堆的雪，像極了一墩一墩蠟做的大象。等到放晴日，素白的雪色反映出紅光，看來分外妖嬈。轉折至下闋，就從自然講到歷史。江山何等美好，才吸引如此多的英豪前來爭奪，秦始皇、漢武帝都是英雄，可惜文采不足，唐太宗、宋高祖則不夠瀟灑。成吉思汗堪稱一代天驕，在武功上也不過會彎弓射鵰。這些都是過去的歷史人物，江山還有待今朝的能人志士。

這闋詞口氣豪放，作者在詞裡清楚地提醒著：在這樣的時代，我們需要什麼樣的領導者？需要什麼樣的英雄？毛澤東刻意凸顯了自己的個性及優點：在北國荒涼的情境下，他都不可能氣餒，一方面他看到現實處境如此嚴酷，但另一方面仍能夠自得其樂，看到和欣賞天地的美。詞裡有一種昂揚的氣概，覺得處在這樣一個時代，他可以指點江山，評論過去曾建立過最了不起功業的人。這是他的氣魄，這是他的高度。

一九五七年，金庸開始提筆寫《射鵰英雄傳》，連載時定下小說名為「射鵰英雄傳」。不只是金庸的讀者，當時所有人都知道書名在影射什麼。

小說被查禁的另外一個原因，在於小說中的一段情節，描寫的是郭靖與黃蓉結伴而遊的小樂趣。黃蓉生長於桃花島，她精通水性，經常在海裡游水，就想著教郭靖游泳。此時的郭靖內力深厚，熟習換氣吐納功夫，很快便學會游泳，兩人更仗著好泳技游渡過長江。但為什麼寫渡過長江會犯了大忌呢？因為一九五六年中共的官方媒體才大肆宣傳毛澤東在武漢「泳渡長江」，說七十二歲的毛澤東「乘風破浪，暢泳長江，……歷時一小時零五分，游程近三十華里，不管風吹浪打，勝似閒庭信步。」

在〈沁園春．雪〉這闋詞裡，說成吉思汗「只識彎弓射大鵰」；但金庸想講的是：射鵰者只會射鵰嗎？英雄應該具備的要素是什麼？除了善於弓馬外，還需要什麼？顯然金庸曾經思考過，想在武俠小說裡替成吉思汗做翻案文章，意思是他不只是一代天驕，不只會彎弓射鵰。這或許是金庸起始的用意。

從書名上看，《射鵰英雄傳》真正的主角不應該是郭靖。作為武俠小說，郭靖、黃蓉自然是寫作計畫中重要的角色，但金庸的用心遠比寫郭靖、黃蓉，或者所有這些武林人物的故事要更龐大一點。從第一部《書劍恩仇錄》到第二部《碧血劍》，不難看出他對歷史的密切關心。這正是金庸和其他武俠小說作者不一樣的地方。

一九五七至一九五九年間，中國大陸和國際間都發生了相當大的局勢變化，從史達林去世到「大躍進」等事件。在此氛圍下，金庸寫《射鵰英雄傳》時，必然想到這一切。之所以有這個推測，是因為金庸在當時也曾發表過相關時評，而他的小說和時評向來是彼此呼應的。

此外，「射鵰者」這個詞也有意思，它的典故及來歷最早可追溯至《史記・李將軍列傳》。

李將軍就是李廣。李廣當時在北邊防衛匈奴，漢武帝指派了中貴人（宦官）前去李廣軍中。漢武帝下這道命令，等於是利用自己寵信的太監，放在李廣身邊見習如何訓練士兵，擊禦匈奴，以掌握北境的軍事狀況。這名宦官某天帶了數十名騎兵外出，途中遇到三個匈奴人，自恃人多勢眾，與匈奴人打了起來，卻反被匈奴人射傷，數十名騎兵也幾乎被殺個精光。宦官逃到李廣面前究因，李廣只說：「是必射鵰者也。」意指這三名匈奴人只是善於射鵰的精騎。

這段「射鵰者也」的敘述，司馬遷的寫法極為隱晦，言外之意是：這三個匈奴人箭術異於常人，是英勇的射鵰者，跟他們交戰是不自量力；另外一層含意是：這三個射鵰者只是出門打獵，沒有挑釁的意味，被射傷完全是宦官咎由自取。

但李廣還是帶領一百名騎兵急馳，在幾十里外追到這三名匈奴人，李廣下令騎兵左右包抄，親自射死其中兩人，生擒一人。但事不湊巧，捆縛俘虜上馬之際，發現匈奴數千騎兵就在附近。匈奴大軍也看見李廣的一百騎兵，誤以為是來誘敵的，驚訝之餘連忙上山佈陣。李廣的部隊原本非常恐懼，想驅馬奔回營地，但李廣臨危不亂，對一百名騎兵說：我們距離敵軍駐地只有數十里之遠，如果逃跑，只要他們的大軍在後頭追射，我們就全軍覆沒了；如果按兵不動，他們反而有所懷疑，不敢貿然襲擊。為了營造出誘敵之態，李廣下令百騎前進，直到距離匈奴陣營兩公里處，又命令眾人下馬解鞍。麾下騎兵疑惑不解：敵軍人數眾多，現下距離又近，如果遇到緊急狀況，該如何是好？李廣洞悉敵軍想法，說：匈奴人原以為我們會逃走，現在解去馬鞍，表示沒有逃跑的意圖，會讓匈奴人更加堅信我們是誘餌。

《史記》的這段描述極為精彩，提到了「射鵰者」的來歷。如果「射鵰者」含有英雄成分，英雄是指誰？即使金庸有意為成吉思汗寫翻案文章，不過寫著寫著，這個小說的主角慢慢就從成吉思汗移到了郭靖身上。本來更有歷史和現實野心的一部小說，最後寫出來的是一部曲折、有趣的長篇武俠故事。

從評論現實、評論歷史的野心改變過來之後，金庸寫小說的方式當然也就不一樣了，《射鵰英雄傳》可說是不容忽視的重要突破。從這部小說開始，金庸轉向用更鮮明的人物性格，以及更趨想像的武俠情境，建構起小說的核心內容，這種寫法貫串他的「射鵰三部曲」。

02 金庸最像自己作品裡的哪個角色？

《射鵰英雄傳》是金庸的第一部大長篇，確立了他的風格。雖然在《書劍恩仇錄》和《碧血劍》中，他敢於寫乾隆，敢於寫袁崇煥，但在歷史的架構之外，於寫作上和其他的武俠小說並沒有那麼大的距離。

從《射鵰英雄傳》開始，金庸找到了怎麼將小說格局寫大、寫長，同時能夠扣住讀者一直追讀的特別法則。

首先是以角色作為敘事主軸，讓角色的個性來推動情節；再者，金庸找到了一種綿長佈局的方法，可以把小說寫長。這兩點清楚地顯現在《射鵰英雄傳》的開篇。

一開始是雪夜中的牛家村和丘處機，接下來江南七怪出場，再從丘處機與江南七怪的賭約聯繫到郭靖、楊康這兩個義士的遺腹子，而且是一場長達十八年的大賭注——不但要各自找到剛出生的小孩，還要教他武藝，十八年後比武決勝。

這是多麼長的一個佈局！接著才讓八歲的郭靖上場，長大藝成之後，又透過他和黃蓉之間的情感關係，牽扯出東邪、西毒、南帝、北丐、老頑童等特立獨行的角色。真的是「特立獨行」，每一個角色都有獨特的個性和武功識別，這就讓我們不得不注意到金庸對於角色塑造的認知與理解。

金庸寫武俠小說，非常重要的一項成就，就是創造了令人難忘的角色。這些角色既鮮明，而且多，從寫小說的角度來看，非常不容易。光是寫出鮮明的性格，寫了一兩個，這沒問題，但是他要寫那麼多個。這麼多的角色都能讓我們在閱讀小說的時候，不只看到了、感受到了，而且會記得，會難忘。

這樣的一項成就，於是在金迷之間刺激出一種特殊的遊戲。我相信很多喜歡金庸的人都玩過這個遊戲，就是你會去分析自己，或朋友，或名人（新聞上甚至歷史上的名人），並問這樣一個問題：他（她）最像金庸筆下的哪一個角色？當然，一定也有人問過、想過，如果套用在金庸本人——寫出這些角色的小說家——身上，他又最像自己筆下的哪個角色呢？

我也認真想過這個問題，而且找到了答案。當然，我的答案可能跟大部分讀者所得到、想到的答案都不太一樣。不過，我有我的道理。

第一條道理是，要回答這個問題，首先要破除理所當然的偏見，也就是想到「金庸像誰」的時候，不必然要先從小說中的男主角裡去找。金庸當然寫過很多精彩的男主角，從陳家洛開始，到袁承志，到郭靖，到楊過，到張無忌，到蕭峯，到令狐沖，一直到韋小寶等等。如果你想問金庸最像誰？千萬不能一下子就限縮在這些男主角身上。金庸之所以了不起，是因為他寫了很多配角，這些配角在人物個性上和主角同等精彩。同時，金庸的武俠小說和龐大的武俠小說傳統最不同的地方，就是他擅長寫女性，還寫了好多個令人難忘的女性角色。

另一條道理，則牽涉到我對小說寫作的基本認識，也就是我們該如何理解作者和他所創造出來的角色之間的關係。

什麼樣的角色對作者來說最難寫，而且雖然最難寫，但他還是寫了？意思是，有一些角色，作者本身如果沒有那樣的個性，或者沒有那樣的知識，或者沒有那樣的興趣，或者沒有那樣的品味，他就寫不出這種角色。

從這個角度看，那最像金庸本人的角色，應該是最難寫的。先讓我們用排除法，比如腦海裡馬上想到一個，絕對不會是最難寫的，那就是郭靖。郭靖很容易寫，老實說我也會寫，就是把他寫得笨笨的，但是因為笨，反而認真努力；又因為他那麼認真、那麼努力，所以天道好還，經常會有好的事情、好的運氣掉在他頭上。這就是郭靖。

也絕對不會是楊過。楊過很清楚就是一個偏執的人，只要掌握了他那種偏執個性，包括他對小龍女那一心一意、激烈昂揚的愛情，就可以寫得出來。是的，我也會寫，我覺得我也可以寫得出小龍女。

張無忌的難度高一點，因為張無忌初時非常天真，一路誤打誤撞才成為明教教主。但後來他開始一點一滴地學習，什麼叫做人情，什麼叫做勢利，什麼叫做世故。只是張無忌還是不能跟另一個最難的角色相提並論，也就是我的答案。

金庸最像誰？如果我們從「他沒有那樣的個性就寫不出那樣的角色」的道理來看，那一定是黃蓉。

黃蓉是最難寫的，如果金庸沒有那樣的特質，是無從去捏造、假裝出來的。黃蓉身上所具備的第一個特性是豐富的學識，還有興趣，尤其她的學識和興趣是連在一起的。第二個特性是她的調皮、她的狡猾，以及雖然狡猾卻不討人厭的那種幽默感。沒有這種個性的人，很難憑空去想像出來。

先講第一個特性，黃蓉的學識與興趣。《射鵰英雄傳》裡有一段非常精彩的情節，就是郭靖和黃蓉遇到了瑛姑。這一段情節在講什麼？竟然是數學！（當你看武俠小說的時候，心裡應該不會想到，竟然能讀到艱難的數學題？）

黃蓉遇到瑛姑，見到一個老太太正全神貫注地盯著地上一堆竹片，竹片大概四寸長、兩分寬，黃蓉一看就知道這是拿來算數用的，被排成商、實、法、借算四行。黃蓉瞧了一下，已知這個老太太正在計算五萬五千二百二十五的平方根。這個數學題目我們都學過。答案是多少？黃蓉心算一下，脫口而出「二百三十五」。老太太嚇了一跳，不理她，繼續去撥她的算子，果然算出了二百三十五。

瑛姑臉有怒容，似乎在說，這麼一個小姑娘，不過是湊巧猜中，別在這裡打擾我。她又做下一道算術，這次題目是什麼呢？三千四百零一萬二千二百二十四的立方根。瑛姑剛把算子排好，才算出一個「三」，黃蓉就把答案給了她：「三百二十四」。瑛姑布算好久才得出答案，果真是三百二十四。

直到郭靖、黃蓉準備離開，瑛姑得知黃蓉是桃花島主的女兒，而她苦習算術就是要闖桃花島救人，於是就想動手。黃蓉也瞭解到眼前這人是爹爹的仇人。

黃蓉用什麼方式報復、修理瑛姑呢？這個劇情安排也太有趣了。本來想吵架的，但黃蓉靈活的腦袋馬上想出一個更惡毒的方法，她用竹杖在地下細沙寫了三道算題，第一道叫做「七曜九執天竺筆算」，第二題是「立方招兵支銀給米題」，第三題叫做「鬼谷算題」，說現在有個東西，不知道數量多少，只知道三個三個數剩下二，五個五個數剩下三，七個七個數剩下二，問這個東西有多少個？

瑛姑不由得呆呆出神。等到郭靖、黃蓉出了林子安全了，郭靖才問黃蓉，沙上畫了些什麼？

黃蓉笑道：「我出三道題目給她。哼，半年之內，她必計算不出，叫她的花白頭髮全都白了。誰教她這等無禮？」

這是黃蓉發洩怒氣的方式。但如果金庸不是對數學有興趣，如果不曾鑽研過中國古代的數學，他怎麼寫這一段？還不止如此，靖蓉二人得到瑛姑的三個錦囊，有機會尋得段皇爺，但必須先經過「漁樵耕讀」四個關卡。

第一關很難過，又有瀑布急湍，又有金娃娃魚，要靠著郭靖使出千斤墜和降龍十八掌，好不容易才過這一關。到了第二關，想必也非常困難。卻見一個樵子做什麼呢？在唱歌，唱的是〈山坡羊〉的曲兒：「城池俱壞，英雄安在？雲龍幾度相交代？想興衰，苦為懷。唐家才起隋家敗，世態有如雲變改。疾，也是天地差！遲，也是天地差！」小說還向讀者解釋，這是宋末流傳於民間的調子，曲詞隨人而做，很顯然是樵子自己作的詞。

這時黃蓉心裡轉著念頭，其實是發愁的。樵子後來又唱了兩首，黃蓉忍不住喝了聲采，樵子轉頭問說好在哪裡？

黃蓉欲待相答，忽想：「他愛唱曲，我也來唱個『山坡羊』答他。」當下微微一笑，低頭唱道：「青山相待，白雲相愛。夢不到紫羅袍共黃金帶。一茅齋，野花開，管甚誰家興廢誰成敗？陋巷單瓢亦樂哉。貧，氣不改！達，志不改！」她料定這樵子是個隨南帝歸隱的將軍，昔日必曾手綰兵符，顯赫一時，是以她唱的這首曲中極讚糞土功名、山林野居之樂……

黃蓉能在片刻之間做出這樣一首曲子，其實不是她真的聰明至斯，而是在桃花島時曾聽父親唱過。樵子聽得心中大樂，往山邊一指，就讓他們兩人上峯。這一關就用這種方式過了。

這一關很有意思。如果從武俠、武鬥的角度看，這一關根本沒打起來。但是換另一個角度，這一段情節在武俠故事中是最難寫的，因為不能只寫武功的本事，需要的是另一種本事，而這種本事在過去的武俠作品中，我們很難看得到。

黃蓉為什麼難寫？因為黃蓉身上具備許許多多本來不屬於武林的文化素質、文化成分，這是屬於傳統士大夫的東西，比如數學，比如詩詞。金庸運用這種方法，實質上改造了傳統的武俠小說。

武俠小說之所以存在，本就是因為士大夫的大傳統瓦解了，所以人們才回到小傳統——民間的武林、江湖，尋求虛構的想像與安慰。金庸卻把這種幫助華人在戰亂時期得以逃避和安慰的小傳統，也就是武俠故事，和士大夫大傳統的內容套接上。他所選擇最重要的連接點，就是黃蓉這個角色。

所以，黃蓉代表的就是金庸自己的文化底蘊與文化興趣，不然他怎麼可能寫得出這樣的黃蓉來？這樣的黃蓉，代表的是金庸本身的知識性好奇，以及他在知識上所做過的努力與能夠掌握的高度。再換另一個角度，黃蓉性格上的那種調皮、狡猾，還有幽默感，以及在危急時候總能繞一個彎，從別人想不到的地方去解決問題，這一部分應該也是金庸自己的性格，以及他的為人中非常重要的一部分。

03 黃蓉之巧：懂吃、懂詞、懂救命

黃蓉是金庸寫過的所有角色中最巧妙的一位，因為她的「巧」是多面向的。《射鵰英雄傳》中，黃蓉剛出場的時候，她女扮男裝，扮成一個小叫花子：

那少年約莫十五六歲年紀，頭上歪戴著一頂黑黝黝的破皮帽，臉上手上全是黑煤，早已瞧不出本來面目，手裡拿著一個饅頭，嘻嘻而笑，露出兩排晶晶發亮的雪白細牙，卻與他全身極不相稱。眼珠漆黑，甚是靈動。

黃蓉來到酒館門口，店夥把她看作乞丐，想轟她走。當然，她非但不是個少年，還是個美少女，經過小說一路的劇情發展，到後來她真的成為了丐幫幫主。前後有著非常有趣的呼應。

黃蓉初登場就有驚人之舉，是關於吃，這裡金庸又藉著黃蓉表現出自己對於美食佳餚的認識。

雖然郭靖答應作東，店小二還是瞧不起黃蓉改扮的這個邋遢少年：

> 那少年發作道：「你道我窮，不配吃你店裡的飯菜麼？只怕你拿最上等的酒菜來，還不合我的胃口呢。……夥計，先來四乾果、四鮮果、兩鹹酸、四蜜餞。」店小二嚇了一跳，不意他口出大言，冷笑道：「大爺要些甚麼果子蜜餞？」那少年道：「這種窮地方小酒店，好東西諒來也弄不出來，就這樣吧，乾果四樣是荔枝、桂圓、蒸棗、銀杏。鮮果你揀時新的。鹹酸要砌香櫻桃和薑絲梅兒，不知這兒買不買到？蜜餞麼？就是玫瑰金橘、香藥葡萄、糖霜桃條、梨肉好郎君。」店小二聽他說得十分在行，不由得收起小覷之心。

接下來，黃蓉又點了八個「馬馬虎虎的」酒菜，分別是花炊鵪子、炒鴨掌、雞舌羹、鹿肚釀江瑤、鴛鴦煎牛筋、菊花兔絲、爆獐腿、薑醋金銀蹄子。另外又要了十二樣下飯的菜，再加上八樣點心。

這可真是聲勢驚人！黃蓉巧在哪裡？不只是她好大的口氣、好大的氣派，更重要的是她擺氣派的方式——她是個懂吃的人。在小說裡，我們還會看到，黃蓉後來為了討好北丐洪七公，讓郭靖學得「降龍十八掌」，除了展現她對食物的知識外，還有她在食物上了不起的手藝。

我們看金庸怎麼描述黃蓉收服洪七公的胃：

黃蓉笑盈盈的托了一隻木盤出來，放在桌上，盤中三碗白米飯，一隻酒杯，另有兩大碗菜肴。郭靖只覺得甜香撲鼻，說不出的舒服受用，只見一碗是炙牛肉條，只不過香氣濃郁，尚不見有何特異，另一碗卻是碧綠的清湯中浮著數十顆殷紅的櫻桃，又飄著七八片粉紅色的花瓣，底下襯著嫩筍丁子，紅白綠三色輝映，鮮豔奪目，湯中泛出荷葉的清香，想來這清湯是以荷葉熬成的了。

金庸快速描述出那一碗湯的美，是特別配色配出來的。而洪七公馬上就夾了兩條牛肉條放入口中：

只覺滿嘴鮮美，絕非尋常牛肉，每咀嚼一下，便有一次不同滋味，或膏腴嫩滑，或甘脆爽口，諸味紛呈，變幻多端，直如武學高手招式之層出不窮，人所莫測。

金庸用這種方式，把美食和武功連結起來，而且連結得多麼巧妙、多麼自然。

洪七公驚喜交集，細看之下，原來每條牛肉都是由四條小肉條拼成。洪七公閉了眼辨別滋味，道：「嗯，一條是羊羔坐臀，一條是小豬耳朵，一條是小牛腰子，還有一條……還有一條……」黃蓉抿嘴笑道：「猜得出算你厲害……」她一言甫畢，洪七公叫道：「是獐腿肉加兔肉揉在一起。」黃蓉拍手讚道：「好本事，好本事。」郭靖聽得呆了，心想：「這一碗炙牛條竟要這麼費事，也虧他辨得出五般不同的肉味來。」

再來是那碗湯。那碗湯太好看了，洪七公有點捨不得吃，先舀了兩顆櫻桃：

荷葉之清、筍尖之鮮、櫻桃之甜，那是不必說了，櫻桃核已經剜出，另行嵌了別物，卻嚐不出是甚麼東西。洪七公沉吟道：「這櫻桃之中，嵌的是甚麼物事？」閉了眼睛，口中慢慢辨味，喃喃的道：「是雀兒肉！不是鷓鴣，便是班鳩，對了，是班鳩！」睜開眼來，見黃蓉正豎起了大拇指，不由得甚是得意，笑道：「這碗荷葉筍尖櫻桃班鳩湯，又有個甚麼古怪名目？」

黃蓉微笑道：「老爺子，你還少說了一樣。」洪七公「咦」的一聲，向湯中瞧去，說道：「嗯，還有些花瓣兒。」黃蓉道：「對啦，這湯的名目，從這五樣作料上去想便是了。」

這裡黃蓉展現的是：第一，對食物的認識與瞭解；第二，在食物烹煮上巧妙的手法；第三，將各種不同的食材做出創意結合；第四，不但要知道怎麼煮，還要給一個特別的名稱。什麼名稱呢？

洪七公道：「要我打啞謎可不成，好娃娃，你快說了吧。」黃蓉道：「我提你一下，只消從『詩經』上去想就得了。」洪七公連連搖手，道：「不成，不成。書本上的玩意兒，老叫化一竅不通。」

黃蓉笑道：「這如花容顏，櫻桃小嘴，便是美人了，是不是？」洪七公道：「啊，原來是美人湯。」黃蓉搖頭道：「竹解心虛，乃是君子。蓮花又是花中君子。因此這竹筍丁兒和荷葉，說的是君子。」洪七公道：「哦，原來是美人

> 君子湯。」黃蓉仍是搖頭，笑道：「那麼這班鳩呢？『詩經』第一篇是：『關關雎鳩，在河之洲，窈窕淑女，君子好逑』。是以這湯叫作『好逑湯』。」

金庸順理成章地講到《詩經》，靠著黃蓉精巧的廚藝，徹徹底底征服了洪七公，後來才有洪七公和靖蓉二人結為師徒的種種情節變化。這是金庸了不起的地方。

這一段在書裡不過就是兩三頁，但是誰寫得出來呢？誰能夠創造出黃蓉這樣的角色？誰能夠賦予黃蓉如此靈巧的心思？她不但懂吃的、能夠做吃的，還會運用關於吃的知識，一路談到名目的文學性。所以為什麼我說金庸最像黃蓉？如果不是金庸自己這麼愛吃，更重要的，如果他不能夠理解所謂美食必然有這重要的兩面，他怎麼能用這種方式來寫黃蓉？

用英文來說，美食關鍵的一點是good for eating，吃起來好吃。但如果僅限於這一個層次，那是不夠的。美食還有另外一面，就是good for thinking。有這樣的美味食材，更重要的，配上這樣的文學典故，這道料理吃起來才格外有滋味，不只吃在我們的舌尖上，還進入到我們的腦袋裡。

《射鵰英雄傳》裡，黃蓉在張家口初登場，隨意點菜，就讓郭靖目瞪口呆，因為郭靖想都沒想過還有這樣的食物。

等到黃蓉在京城外湖邊第三次出現，郭靖這才發現，黃蓉原來不是「黃賢弟」，而是個美麗少女。變回少女的黃蓉邀郭靖上船，把小船划到湖心，取出酒菜，想在這裡跟郭靖喝酒賞雪。兩人聊著聊著，黃蓉興致來了，便要唱歌。她不只懂吃，還會唱歌，唱的是：

「雁霜寒透幙。正護月雲輕，嫩冰猶薄。溪奩照梳掠。想含香弄粉，靚妝難學。玉肌瘦弱，更重重龍綃襯著。倚東風，一笑嫣然，轉盼萬花羞落。「寂寞！家山河在：雪後園林，水邊樓閣。瑤池舊約，麟鴻更仗誰託？粉蝶兒只解尋花覓柳，開徧南枝未覺。但傷心，冷落黃昏，數聲畫角。」

郭靖一個字一個字的聽著，雖然於詞義全然不解，但清音嬌柔，低迴婉轉，聽著不自禁的心搖神馳，意酣魂醉，這一番纏綿溫存的光景，竟是他出世以來從未經歷過的。

但黃蓉的巧，不在於唱出這麼好聽的歌，更在於她還要教郭靖（其實背後是金庸在教我們）。教什麼呢？她說，詞是辛棄疾寫的，詞牌叫做「瑞鶴仙」，描寫的雖然是雪後梅花，卻反映了人們主觀的寂寞心情，又再聯繫到辛棄疾念茲在茲的江山故土。

這本來不是武俠小說的成分，而是來自士大夫大傳統的精英文化。郭靖也正代表我們：

郭靖道：「我一點兒都不懂，歌兒是很好聽的。辛大人是誰啊？」黃蓉道：「辛大人就是辛棄疾。我爹爹說他是個愛國愛民的好官。北方淪陷在金人手中，岳爺爺他們都給奸臣害了，現下只有辛大人還在力圖恢復失地。」

這就是南宋的歷史背景。後來郭靖、黃蓉到趙王府中盜藥，黃蓉原本躲在大廳簷下偷聽，卻不小心洩漏行蹤，陷入被王府高手圍困的局面。由於侯通海一路被黃蓉戲弄，這時就要抓她。黃蓉如何施展她的功夫，如何想辦法脫困呢？

黃蓉……說道：「我和他各拿三碗酒，比比功夫。誰的酒先潑出來，誰就輸了，好不好？」

這不是一般的比武，這是有遊戲規則的，而且真的像遊戲一樣。這是黃蓉的另外一種巧。因為她知道梁子翁、彭連虎、沙通天等人的武功都比自己高，就算是三頭蛟侯通海，自己也只是仗著輕功與心思靈巧才能夠這樣戲弄他。所以她想了個計策：倚小賣小，跟他們胡鬧，如此才有可能脫身。

黃蓉閃身避過，笑道：「好，我身上放三碗酒，你就空手，咱們比劃比劃。」侯通海年紀大她兩倍有餘，在江湖上威名雖遠不如師兄沙通天，總也是成名的人物，受她這般當著眾人連激幾句，更是氣惱，不加思索的也將一碗酒往頭頂一放，雙手各拿一碗，左腿微曲，右腿已猛往黃蓉踢去。

這又是一種巧，目的是激怒侯通海。接下來兩人當然比輕功：

但見黃蓉上身穩然不動，長裙垂地，身子卻如在水面飄盪一般，又似足底裝了輪子滑行，想是以細碎腳步前趨後退。侯通海大踏步追趕，一步一頓，騰騰有聲，顯然下盤功夫紮得極為堅實。黃蓉以退為進，連施巧招，想以手肘碰翻他酒碗，卻都被他側身避過。

看到這裡，感覺已經不是比武了，黃蓉的巧和她的美是結合在一起的。但遇到下盤功夫紮實的對手，黃蓉怎麼贏呢？

> 黃蓉雙手齊振，頭頂一昂，三隻碗同時飛了起來，一個「八步趕蟾」雙掌向侯通海胸前劈到。侯通海手中有碗，不能發招抵禦，只得向左閃讓。黃蓉右手順勢掠去，侯通海避無可避，只得舉臂擋格，雙腕相交，侯通海雙手碗中的酒水潑得滿地都是，頭上的碗更落在地下，噹啷一聲，打得粉碎。
>
> 黃蓉拔起身子，向後疾退，雙手接住空中落下的兩碗，另一碗酒端端正正的落在她雲鬢之頂，三碗酒竟沒濺出一點。

黃蓉以巧取勝，硬是贏了。接著，一關一關，全都靠她的巧思、巧技，讓一干人物都輸在了她手裡。最後黃蓉和歐陽克之間的比試，是另一個經典。他們兩人怎麼比呢？

> 歐陽克伸出右足，點在地下，以左足為軸，雙足相離三尺，在原地轉了個圈子，只見磚地上已被他右足尖畫了淺淺的一個圓圈，直徑六尺，畫得整整齊齊。畫

這圓圈已自不易，而足下內勁如此了得，連沙通天、彭連虎等也均佩服。歐陽克走進圈子，說道：「誰出了圈子，誰就輸了。」黃蓉道：「要是兩人都出圈子呢？」歐陽克道：「算我輸好啦。」黃蓉道：「若是你輸了，就不能再追我攔我？」歐陽克道：「這個自然。如你給我推出了圈子，可得乖乖的跟我走。這裏眾位前輩都是見證。」

黃蓉答應了，走進圈子裡，兩人對打起來：

黃蓉……左掌「迴風拂柳」，右掌「星河在天」，左輕右重，勁含剛柔，同時發出。歐陽克身子微側，這兩掌竟沒能避開，同時擊在他肩背之上。黃蓉掌力方與他身子相遇，立知不妙，這歐陽克內功精湛，說不還手真不還手，但借力打力，自己有多少掌力打到他身上，立時有多少勁力反擊出來。她手不動，足不動，黃蓉竟是站立不穩，險些便跌出了圈子。

出了圈子，黃蓉就要輸了，怎麼辦呢？

她那敢再發第二招，在圈中走了幾步，說道：「我要走啦，卻不是給你推出圈子的。你不能出圈子追我。剛才你說過了，兩人都出圈子就是你輸。」

能夠有這種應變，有這種智巧，才構成了黃蓉迷人的身影。試問，如果作者自己沒有這般靈巧的心思，他怎麼想得出這樣的情節？如果他不是對辛棄疾的詞作有所感悟、體認，怎麼可能寫出黃蓉和郭靖泛舟湖上時，唱著辛棄疾的詞曲？如果他不是對美食的精神層次如此嫻熟，怎麼可能寫出這樣的黃蓉？

04 正邪之間的曖昧角色

讀《射鵰英雄傳》，除了主角之外，很容易浮上心頭的還有五個重要的角色：東邪、西毒、南帝、北丐、中神通。

這五個人是配套的，號稱「天下五絕」，這也是傳統武俠小說的一種寫法。《射鵰英雄傳》裡也出現過其他的群體，像是全真七子、江南七怪、黑風雙煞，他們常常是一起出現的。一起出現有個好處，就是能夠寫群戲，還有，讀者在理解這些角色的時候，不用一個一個去記，可以彼此聯繫去認識他們。

不過，同樣都是群體，東邪、西毒、南帝、北丐、中神通不一樣。最大的不同是，他們每一個人都有極其獨特的個性，也呈現出不同的個性層次。

首先是中神通王重陽，他在這部小說裡並沒有真正上場，到了《神鵰俠侶》才有比較多他的故事。但這裡有一個跟他關係密切的替代性人物，就是他的師弟周伯通，金庸將他寫成了一個「終極頑童」。所謂「終極頑童」，除了愛玩之外，人生所有的一切他都不在意。對他來說，最好玩的事就是武功，練武功也是為了好玩。因為武功好玩，他對武功的追求猶如花蜜之於蜜蜂般著迷。

他的頑童個性發展到極致，因為怕無聊、怕孤單，怕一個人的時候就沒有人可以跟他比武，於是發明了「左右互搏之術」，想辦法讓自己化身成兩個人，讓左手跟右手打架，而且左、右手必須在心神上真正的分開，要不然怎麼打也不會有趣。也因為這樣，他才能一個人在桃花島的山洞裡一待十五年。

再看南帝段皇爺。跟王重陽一樣，按照小說的時間軸，他們年輕時的故事都已經過去了。南帝這個時候不再是南帝，而是一燈大師。這中間有一段不足為外人道的故事，借由瑛姑的糾纏一點一點地揭露出來。原來周伯通和當時還是劉貴妃的瑛姑私通，原本南帝才是被背叛、被傷害的人，後來卻成了被怨恨的對象。最關鍵的原因，是他當年由於心腸剛硬，不管瑛姑在他面前如何哀求，最終都沒有出手救治那命在垂危的、瑛姑私生的孩兒。這件事困擾了他許久，最後選擇出家來贖罪。

南帝、中神通寫的並不多，著墨較多的是北丐、東邪和西毒。西毒歐陽鋒算是這部小說裡真正的大反派，為了成為武功天下第一，什麼陰險手段都敢使。再加上他的侄兒歐陽克，以及豢養的毒蛇群，讓人感到最不舒服，會希望郭靖與黃蓉最好不要碰到他們。到了小說末尾，黃蓉三次把歐陽鋒困住，更引得他逆練「九陰假經」而發瘋，也就看得特別過癮。

黃藥師號稱東邪，也確實有他殘忍邪僻之處。桃花島上的傭僕都是又聾又啞，這是黃藥師下的手，他必須保證這些人沒有機會聽到什麼，也沒有辦法洩露秘密。又如，他的弟子陳玄風、梅超風偷盜《九陰真經》叛逃，他盛怒之下就把自己一手調教出來的徒弟都打斷腿逐出去，遷怒以洩憤。

但是，黃藥師在小說裡有個特殊身分，使我們沒辦法用看待歐陽鋒的方式看待他，因為他是黃蓉的父親。黃藥師對這個女兒可說是寵愛有加，本來發誓一輩子不離開桃花島，卻為了尋找女兒而重現江湖，涉入江湖恩怨。

正是在回看東邪、西毒、南帝、北丐、中神通這些人物時，所謂正派與反派、好人與壞人之間，金庸有了非常不一樣的寫法。南帝一生尊榮，卻也有見死不救的悔恨之事；西毒一世執念，卻也有對歐陽克的舐犢之情，到了《神鵰俠侶》更來個反轉，成了瘋傻得有點可愛的老人。

單純從形象上來說，《射鵰英雄傳》中還有一個可怕的人物，就是鐵屍梅超風。她就像武俠小說裡典型的女魔頭，一來，她殺人不眨眼，冷血無情；二來，她殺人的手法也不正派，由於錯練《九陰真經》，竟然是用手指插入人的頭骨，用最殘酷、血腥的方式奪人性命。

不止如此，銅屍、鐵屍剛出場時，讀者跟著江南七怪先是看到了一堆一堆被排成三層的骷髏頭，那已經不是殘酷，實際上已接近於魔。

這樣的魔頭，在一般的武俠小說中，理應要被正派追殺。通常他們有非常高強的武藝，於是成了整部小說的正派角色必須克服的一大難關。可是，就連梅超風這樣一個反派，在《射鵰英雄傳》裡竟然有這一段描寫：

> 梅超風坐在地下，右手扼在郭靖頸中，左手抓住了他的手腕，十餘年來遍找不見的殺夫仇人忽然自行送上門來，……一霎時心中喜不自勝，卻又悲不自勝，一生往事，斗然間紛至沓來……

在這裡，金庸讓她用回顧並自述的方式來說她的故事：

> 「我本來是個天真爛漫的小姑娘，整天戲耍，父母當作心肝寶貝的愛憐，那時我名字叫做梅若華。不幸父母相繼去世，我受著惡人的欺侮折磨。師父黃藥師救我到了桃花島，教我學藝。給我改名叫梅超風，他門下弟子，個個名

字中都有個『風』字。在桃樹之下，一個粗眉大眼的年輕人站在我面前，摘了一個鮮紅的大桃子給我吃。那是師兄陳玄風。在師父門下，他排行第二，我是第三。我們一起習練武功，他時常教我，待我很好，有時也罵我不用功，但我知道是為了我好。慢慢的大家年紀長大了，我心中有了他，他心中有了我。一個春天的晚上，桃花正開得紅豔豔地，在桃樹底下，他忽然緊緊抱住了我。」……

梅超風回憶到陳玄風和自己偷偷結了夫妻，怎樣懼怕師父責罰，離島逃走，丈夫告訴她盜到了半部《九陰真經》。以後是在深山的苦練，可是只練了半年，丈夫便說經上所寫的話他再也看不懂了，就是想破了頭，也難以明白。所以他們只好再回桃花島，想辦法把上半部經書偷出來。再看她回憶這段往事：

「我們打聽到師父為了我們逃走而大發脾氣，把眾徒弟都挑斷了腳筋趕走啦，島上就只他夫婦二人和幾個僮僕。我二人心驚膽戰的上了桃花島。就在那時候，師父的大對頭正好找上門來。他二人說的就是九陰真經的事，爭吵了一會就動上了手。這人是全真教的，說話傻裏傻氣的……」

這人就是周伯通。周伯通的武功當然很高，高到讓梅超風意想不到的地步。她接著想：

「我想起師母待我的恩情，想在窗外瞧瞧她，哪知看到的只是一座靈堂，原來師母過世了。我心裏很難過，師父師母向來待我很好，師母死了，師父一人寂寞孤零，我實在對不起他，那時候我忍不住哭了，忽然之間，看見靈堂旁邊有個一歲大的小女孩兒，坐在椅子上向著我直笑，這女孩兒真像師母，定是她的女兒，難道她是難產死的麼？

「我正在這樣想，師父發覺了我們，從靈堂旁飛步出來。啊，我嚇得手酸腳軟，動彈不得。我聽得那女孩兒笑著在叫：『爸爸，抱！』她笑得像一朵花，張開了雙手，撲向師父。這女孩兒救了我們的性命。師父怕她跌下來，伸手抱住了她。……」

這個小女孩就是黃蓉。但重點是，像梅超風這樣一個惡魔般的角色，金庸都給了她一個身世、一個來歷。她之所以變成了惡魔，是有原因的。

包括東邪、西毒、南帝、北丐、中神通，包括許許多多其他的配角，每個人都有身世來歷。如此一來，我們讀小說時的感受也就不一樣了，不是只在分辨到底誰是好人、誰是壞人，而是會激發起心底一種理解的好奇。我們想要知道，他們為什麼會變成這樣？是什麼樣的遭遇，使得他們在人生的節骨眼上做出不一樣的選擇？

05 武功與感情的偏執

其實在小說裡，金庸已經明確地寫出來，在江湖、武林環境中，塑造個性、決定命運，有兩個最重要的力量。一種力量是關於武功，也就是對於武學的著迷，所以像《九陰真經》、《九陽真經》這種至高的武學秘笈，便是整個江湖引起騷動的根本原因。武林中人之所以變得偏執，相當程度上是為了想要奪得秘笈、讓武功變強，因而形成了一種終極的欲望。

這個終極的欲望可能有不同的來源，比如周伯通純粹就是個武癡，喜歡武功，喜歡玩，希望能夠想出、練出最高深的功夫；但大部分的人則是希望借由高強武功得到權力或地位。

在桃花島上，周伯通曾把《九陰真經》的來龍去脈完完整整地講給郭靖聽。可是郭靖聽完之後的反應是：

郭靖道：「這樣說來，這部經書倒是天下第一害人的東西了。陳玄風如不得經書，那麼與梅超風在鄉間隱姓埋名，快快樂樂的過一世，黃島主也未必能找到他。梅超風若是不得經書，也不致弄到今日的地步。」

郭靖的話間接解釋了陳玄風、梅超風不是天生的惡魔，讓他們變成惡魔的重要原因，是對武功的著迷。聽了郭靖這番話，周伯通很驚訝，甚至有點生氣：

周伯通道：「兄弟你怎麼如此沒出息？九陰真經中所載的武功，奇幻奧秘，神妙之極。學武之人只要學到了一點半滴，豈能不為之神魂顛倒？縱然因此而招致殺身之禍，那又算得了甚麼？咱們剛不是說過嗎，世上又有誰是不死的？」

周伯通的這種態度，就是武林中人的態度。為了練功，連生命都不愛惜了，那還講什麼倫理，還講什麼道義？

於是金庸也寫出了武俠世界的一種緊張感，甚至是矛盾。為了追求「武」，很多時候你就顧不了「俠」；要追求武功，還是要信守俠義，這兩者之間不是那麼理所當然地並存的。

另一方面，金庸也藉此解釋了，為什麼郭靖能夠在江湖、武林的環境中，隨時保持著正直之心呢？正是因為周伯通罵他的這種「沒出息」的個性。他不覺得練武有這麼大的樂趣，從小他就是被逼著練武的，天資不好的他，過程更是辛苦得不得了。他對武功沒有那種執念，也才能擺脫從執念誘引出的個性上的偏執。

除了對武功的執迷之外，在金庸小說中同等重要的，甚至更加重要的，是感情，也就是男女情愛的糾結與執著。這又是金庸在武俠創作上的一大突破。傳統武俠小說所寫的武林中種種恩怨，基本上是男人之間的事情，不會有女性的角色。例如平江不肖生寫《江湖奇俠傳》，雖然也寫到了女性角色如紅姑，但紅姑先是一個江湖人物，然後才是一個女人。她的女人性格、女人性情、女人性質，沒有那麼重要。

在大部分的武俠小說中，就算有女性的角色，往往是陪襯的。可是我們讀金庸的小說就知道，像黃蓉這麼精彩絕倫的女性，怎麼可能是陪襯呢？而為了讓男性和女性在小說裡有同等的地位，就要連結、鋪陳各種情節，最常見的是愛情。

愛情在金庸小說裡極度重要，甚至在很多地方是「愛情決定論」——因為你遇到了什麼樣的人，有了什麼樣的感情，這段感情有沒有結果，往往決定了這個角色會是什麼樣的個性，最後會變成正派人物抑或反派人物。同樣的，郭靖在這方面一帆風順，他是最幸運的人，因為他遇到了黃蓉，在感情上沒有任何糾結，只有在道義上有些挫折，避開了感情可能對他的人格所帶來的衝擊影響。

不過在金庸的小說裡，郭靖是一個大特例。絕大部分的角色都陷在愛情的泥沼中，被感情牽著走，決定了他們變成什麼樣的人。金庸寫愛情，越寫越深，於是到了《神鵰俠侶》（《射鵰英雄傳》的接續之作），一開場，赤練仙子李莫愁在殺人前高歌：「問世間，情是何物，直教生死相許？」李莫愁是另外一個女魔頭，她原本也是個癡情種，卻因為感情的受挫和種種變化，才轉變成了一個惡魔。

這也是金庸的武俠小說之所以能夠擴及原有的武俠讀者群之外，吸引更多讀者的重要因素。像是吸引了一大批女性讀者，吸引了以前只讀文藝小說的讀者，或是對情感有著敏銳感受的年輕讀者。

用這種寫作技藝，武俠小說不再只是武俠小說，相當程度上變成了一種特別的愛情小說。同時，傳統武俠小說中簡單、明白的正邪之分，到了金庸的小說裡，藉由執迷所產生的人物個性，多了許許多多的曖昧，許許多多的層次。這是金庸了不起的成就。

06 — 香港新武俠：似電影、若戲劇

細數連載小說的來歷，從十九世紀起，連載小說就一直與報業的發展緊密連結，由歐洲傳播到中國，從晚清到民國一路開枝散葉，再延續到港、臺地區。連載小說打破了小說獨立自主的時間意識，與現實生活的時間平行流淌，並且不斷地互相指涉，只要現實生活日復一日、無窮無盡，小說裡的時空似乎也可以一天天延續下去。

閱讀連載小說，你不會去預測它何時結束，它本來就有自身的步調，每過一天，理所當然就會有一段新的故事。連載小說沒有具體的頭中尾佈局，不只結構鬆散，還必須經常隱伏著呼之欲出的伏筆。

金庸小說之所以好看，一部分是因為金庸的生活閱歷豐富，諸如辦報必須面對的煩瑣事務，同時必須洞悉時局，才能寫出言之有物的時評，就連天分極高的古龍

在這點上也無法與金庸相提並論。這意味著一位作家的生命經歷過多少滋養，往往就決定他如何書寫小說。

再舉古龍的例子。古龍小說的內在或基礎根本就是文青特質，只要每次重看，就能指出哪個段落埋伏著〇〇七電影，或是海明威小說，或是沙林傑《麥田捕手》的元素。為什麼？這跟古龍小說讀來好看也是有密切關係的，因為古龍善於消化他在當下所讀到、看到的著作和電影。古龍所處的時代，正是美國大眾文化傳播至臺灣的鼎盛期，古龍接觸到之後，能進一步將之轉化成小說素材，再寫進武俠小說裡。無論是臥龍生或東方玉，都沒有這種本事。這也是梁羽生雖然同為新武俠小說的起步者，後來的成就卻不及金庸的緣故。

自金庸、梁羽生之後，香港有了所謂的「新武俠」。新武俠到底怎麼個新法？它不只是在寫法上新，在內容上新，當然它吸引讀者的方式也新。

金庸在寫法上的新，可以從《射鵰英雄傳》中舉兩個有趣的例子。《射鵰英雄傳》在一九五七至一九五九年連載於《香港商報》，這段時間，金庸正好在香港長城影業公司擔任編劇，還參與過兩部電影的共同導演。作為電影工作者，金庸必定熟知許多電影作品，包括美國好萊塢電影在內。

回溯二十世紀五〇年代，美國有什麼新的變化和發展呢？

首先，朝鮮戰爭從一九五〇年打到一九五三年，終於結束了。韓戰結束最重要的效果，是讓美國從歐戰、太平洋戰爭一路下來飽受戰爭動員之苦後，終於得到喘息的機會。這個時候，美國社會終於可以用比較平靜的心態來面對戰爭，也就是說，可以將戰爭轉變為娛樂素材。

其次，藉由新的影像技術，尤其是彩色銀幕，也讓戰爭場面的視覺效果震撼力十足，成功吸引觀眾的目光。例如一九六五年上映的電影《坦克大決戰》（Battle of the Bulge），雖然電影故事並未忠於史實，但的確取材於二戰時希特勒所建立的一支快速打擊部隊。這支德軍裝甲部隊的指揮官約阿希姆·派佩爾（Joachim Peiper），在盧森堡與比利時的邊界發動突擊，急攻盟軍，與英國坦克部隊對戰，後來美國也加入這場戰事。這部電影精彩之處在於數十輛坦克一字排開，氣勢磅礴，營造出一種壯麗的美感。

另一部同樣精彩的美國史詩戰爭片，是《最長的一日》（The Longest Day），上映於一九六二年。電影製片公司眼光精湛，挑選二戰最後關頭的轉捩點——「諾曼第登陸」（D-Day）為題材，講述盟軍搶灘法國諾曼第的兩面戰場。一面戰場是搶灘，導演戮力於還原十幾萬盟軍登陸海灘的真實戰況，但這場規模龐大的戰役，直到史蒂芬·史匹柏（Steven Spielberg）執導的《搶救雷恩大兵》（Saving Private

Ryan, 1998），才重現了戰史上「血腥奧馬哈」的震撼場面，戰爭的殘酷與壯烈，槍林彈雨的逼真程度都極為駭人。

另一面戰場是傘兵作戰，盟軍的空降部隊以跳傘方式進入德國的佔領地，在空中就像一朵一朵的花展開。這就讓人聯想到《射鵰英雄傳》中的情節，金庸把傘兵大作戰也寫進了武俠小說。

郭靖回到漠北之後，跟隨成吉思汗攻打花剌子模，在圍攻撒馬爾罕城時，黃蓉獻上破城計謀，要士兵割破帳篷，製成一萬頂圓傘。郭靖帶領將士們繫上革傘，從雪峯頂躍入城中，一支萬人傘兵部隊逐次降落在撒馬爾罕的南城，攻破了久攻不下的城池。小說場景堪比好萊塢電影製片的規模，超出了武俠小說的寫作想像。

金庸用了很多力氣鋪陳，將這場傘兵攻城的橋段放置在一環扣著一環的故事情節中。從第三十五回〈鐵槍廟中〉開始，歐陽鋒擄走了黃蓉，大半年時間，黃蓉的下落一點消息都沒有，郭靖也回到了蒙古。但就在郭靖領軍西征前，丐幫的魯有腳等長老突然來到大漠草原，襄助郭靖西征。

在魯長老幫助郭靖解決兵書難題的過程中，讀者已能從字裡行間意識到黃蓉一定藏身在不遠處。接下來，關鍵人物西毒歐陽鋒出現了，闖入郭靖的軍帳中，呵斥郭靖交出黃蓉。歐陽鋒提出一個約定：只要郭靖說出黃蓉的藏身之處，他絕不傷黃蓉一毫一髮。沒想到，郭靖反而提出另一個交換條件：如果歐陽鋒答應不傷黃蓉，「從今而後，你落在我手中之時，我饒你三次不死。」

這項訂約委實奇怪，因為小說發展到此，郭靖的武功仍然不如歐陽鋒，難怪歐陽鋒覺得荒謬、甚至輕敵，所以一口就答應了。熟悉金庸小說筆法的讀者都知道，金庸又要安排黃蓉上場表演一番了，運用連環巧計，讓郭靖能夠饒歐陽鋒三次不死。

黃蓉仍躲在暗處，教魯長老出面執行計策，第一次是：

> 在帳中掘了個深坑，坑上蓋以毛氈，氈上放了張輕便木椅。二十名健卒各負沙包，伏在帳外。……到第四天晚上，……歐陽鋒縱聲長笑，踏進帳來，便往椅中坐落。只聽得喀喇喇一聲響，他連人帶椅跌入坑中。……四十個大沙包迅即投入陷阱，盡數壓在歐陽鋒身上。

歐陽鋒只能如鼴鼠般「土遁」，但都被郭靖命令騎兵縱馬踩踏，最後掘出閉氣假死的歐陽鋒，郭靖履踐前約，饒他一次不死。

第二次，黃蓉依樣畫葫蘆，讓「魯有腳督率士兵，正在地下掘坑」。此時就連憨笨的郭靖都不禁懷疑：「這歐陽鋒狡猾得緊，吃了一次虧，第二次又怎再能上鉤？」魯有腳揭露這條計謀運用的正是兵書中的「虛者實之，實者虛之」，正因為對方不相信會用同樣的方法騙他兩次，他鐵定會上當！果然，歐陽鋒又連人帶椅落入坑中，但是這一次得到的待遇是「水灌陷阱」。幾鍋水從他頭頂往下澆，當時天氣酷寒，冷水離鍋立刻結冰，當場把歐陽鋒灌成一根大冰柱。依照前約，郭靖饒他二次不死。

最後一次也很精彩，場景設在花剌子模名城撒馬爾罕城邊的雪峯上。黃蓉相約郭靖在「縱是猿猴也決不能攀緣而上」的雪峯絕頂見面，她想出一條登頂妙計，只要割下山羊的後腿，「乘著血熱，按在峯上，頃刻間鮮血成冰，將一條羊腿牢牢的凍在峯壁，比用鐵釘釘住還要堅固」，羊腿登時變成一節一節的「羊梯」。

在「萬年寒冰結成一片琉璃世界」中，郭靖終於見到了黃蓉。久別重逢後，情節又一轉折，他們發現歐陽鋒躲在冰岩後面，便假意研究《九陰真經》，引誘歐陽鋒又一次上峯。兩人陸續下峯後，就用石油長索一把火燒掉了羊梯，將歐陽鋒困在峯頂上。本來打算困他十天十夜才饒他不死，可是等到第四天，歐陽鋒竟然自行脫困了：

> 他除下褲子，將兩隻褲腳都牢牢打了個結，又怕褲子不牢，將衣衫都除下來縛在褲上，雙手持定褲腰，咬緊牙關縱身一躍，從山峯上跳將下來。……一條褲子中鼓滿了氣，將他下降之勢大為減弱。

歐陽鋒竟然用褲子做了一個降落傘，實在神乎其技，也給了黃蓉靈感，終於想到一個「傘兵大隊從天而降」的攻城妙計。

跳脫小說情境，就現實層面來看，這或許有些荒唐，製作降落傘沒那麼容易。但讀者沒人在乎，因為讀者與作者之間已經存在一種默契。讀者會在進入武俠小說的世界時擱置懷疑的念頭，相信小說中登場人物的本事、發生事件的離奇，雖然明知未必真實，仍能認可小說家的設定，容忍非現實的事物。

在這裡，金庸把讀者交託的這份默契擴張到極致，把美國好萊塢的電影場面寫進了武俠小說裡，讀者完全無法預期小說中竟會出現一支萬人規模的傘兵部隊，卻不覺得突兀，仍然越陷越深地讀下去，這是金庸的本事。即使金庸在小說中加入各式各樣的現代元素，卻仍符合傳統武俠小說的鋪陳原則。也就是說，他是按照武俠小說的敘事傳統，套用章回小說的「套盒」，大的盒子套著小的盒子，一環扣著一環，導引向作者想要設置的情節。在歐陽鋒三次與黃蓉鬥智的橋段中，讀者已放下心理防備，信任小說家所建立的規則。

這就是金庸武俠的新穎之處，但是他的「新」又不是隨便亂來的。他知道怎麼將新奇的內容跟武俠小說中建立的世界觀牽合在一起。

再舉一個例子，這是金庸自己說過的，即《射鵰英雄傳》第二十四回〈密室療傷〉。這一回寫到郭靖為護《武穆遺書》，在臨安皇宮被歐陽鋒的蛤蟆功擊得重傷，黃蓉帶著郭靖躲到了牛家村曲三酒館的密室裡，要花上七天七夜的時間幫郭靖療傷，過程中兩人必須手掌相抵，不能離開片刻。所以這裡先預設了一個條件，就是他們兩人在這七天七夜中是不能分開的，也就意味著他們沒有辦法分身抵抗敵人。還好有這樣一間密室，密室牆上還有一個小孔，可以看到外面發生了些什麼事。

接下來，這個牛家村在這段時間裡變得異常熱鬧。有原本就住在這裡的傻姑，然後來了一批人，有完顏洪烈、楊康、彭連虎、侯通海、梁子翁、靈智上人等人，接著又來了程瑤迦和陸冠英，全真派的尹志平也來了，跟在尹志平後面的是桃花島主黃藥師。

黃藥師的出現提升了在場武林人物的武功層級，接著跟黃藥師同一等級的周伯通也出現了。周伯通和西毒歐陽鋒正在較量輕功、互相追逐，歐陽鋒既然在，他的侄子歐陽克也在這裡。另外又來了穆念慈，更驚人的是，本來應該在蒙古的托雷和華箏也來到了牛家村。蒙古人之後，包括馬鈺、丘處機在內的全真七子也都來了。再後來呢，還有一個招搖撞騙的假裘千仞，又跟來一個可怖但值得同情的鐵屍梅超風。梅超風還不是最後出現的，後面還有江南六怪。先後出現這麼多人，這些人進進出出這曲三酒館，小說也就從二十四回一直寫到了二十六回。

從一個角度看，就像傘兵大隊一樣，這是有些荒唐的情節。為什麼偏偏在這七天七夜當中，幾乎是《射鵰英雄傳》中所有重要的人物，都被金庸安排了「路過」牛家村，齊集在郭靖、黃蓉二人療傷的密室之外？

然而金庸是有意識地寫這一段的，他曾坦言這一段敘事手法是受到戲劇的影響。因此，如果換另一個角度看，金庸實際上寫出了一齣「獨幕劇」。依據獨幕劇的邏輯，這些就說得通了。獨幕劇就是要在一個非常濃縮的時間與情境下，把不同的人與人之間的衝突、人與人之間的感情，用最密集的方式表達出來。另外，金庸在這裡也設下了一個自我挑戰。首先，是要盡可能寫到更多的角色，在能夠解釋的範圍內，讓他們進進出出於這個獨幕劇舞臺上。再來，藉由這些人物的交集、衝突，不斷提升讀者在閱讀時的緊張感。就像郭靖和黃蓉一樣，他們不能被發現，所以無論外面發生了什麼事都無能為力，只能在一旁窺看。接下來會有什麼狀況？他們不知道，我們也不知道，心情也就跟著緊張起來。

用這種方法，金庸在考驗自己能夠寫出多少驚險情節來。先是侯通海發現了密室，眼看就要闖進去，卻被黃蓉「扮鬼」嚇跑了；還有個歐陽克，他已經知道黃蓉躲在密室裡且大打出手，隨後卻被楊康暗算了。接下來是幾場驚險的打鬥，像是全真七子與梅超風的殊死決戰，黃蓉和郭靖明知他們受人愚弄，卻只能乾著急。還有陸冠英與程瑤迦的拜堂成親，兩人調笑的親密言語，讓郭靖情慾浮動，差一點就把持不住。這麼多人連番上場，一幕幕情節有鬆、有緊，有快、有慢，形成了小說中近乎獨立的一齣戲碼。

這是新的寫法，也寫出了新的內容，不是來自武俠小說，也不是來自傳統章回小說。金庸跳得更遠，借鏡了西方的戲劇形式，運用在《射鵰英雄傳》裡。

我們覺得這一段寫得精彩，卻不會感到和前段、後段的敘事手法搭不上，或是特別突出。這又是一個重要的例證，金庸十分擅長融合新的筆法，而在運用這些新風格、新形式的時候，不會去挑戰讀者的預期感受。我們愈瞭解這樣的寫法有多麼困難，就愈知道金庸的成就有多麼高。

07 連載小說的技藝錘鍊

金庸小說一開始都是在報刊上連載，而且大部分是每日刊出。每一天要產出多少篇幅的內容，其實對於連載作家來說，是不小的拘束和壓力。例如每一天都要安排「事件」，也就是說，為了吸引讀者有繼續讀下去的動力，連載小說必須持續營造出故事的懸疑感。

因此連載小說的敘事面臨兩個難處。第一個難處在於故事情節不停地發展，作者必須不斷地構思事件，很容易就遇到瓶頸；第二個難處其實更棘手，就是當連載小說出版成書，讀者很容易感覺閱讀疲勞，因為每隔一兩頁，小說角色就又處在突發事件的情境中。

倘若每天要寫一個新事件，很快就會面臨無事可寫的窘境，鑽進了死胡同。所以要寫連載小說，必須運用各式各樣的寫作技巧。好比金庸，一開始就已經懂得運用純熟的鋪陳手法，讓小說中的各個角色「打群架」。「打群架」是最容易讓小說連續好幾天都維持在有事件發生的狀態中。翻開《書劍恩仇錄》，不難看到金庸在設計武打橋段時，通常不是一對一過招，只有讓「多俠」混戰，才有辦法延續很長一段篇幅。

從這一點來看，《射鵰英雄傳》中郭靖的來歷，隨著江南七怪的蹤跡而開展，是金庸在寫作上刻意的構思。從江南七怪在醉仙樓初登場，就可以感受到群戲的迷人之處，而且單是描寫其中一怪，就可以鋪陳許久。接著，丘處機與七怪比鬥，將一口數百斤重的銅酒缸托上酒樓，輪流向七怪敬酒，七怪一個一個接招，酒缸在眾人之間推過來飛過去，最後還飛到街外，老六韓寶駒倏忽用他肉團般的身軀擋了下來……，這段情節金庸大寫特寫，寫個三五天就過關了。

群戲的一大特色是熱鬧，金庸是很擅長寫群戲的。群俠混戰有時也可以營造出一種懸疑感，例如《射鵰英雄傳》第三十八回〈錦囊密令〉，在被蒙古軍洗劫的村落石屋裡，周伯通、郭靖、裘千仞及歐陽鋒四人在漆黑之中混戰成一團，一下聯手，一下又交手，寫出群戲的趣味。

但鋪陳群戲，讀者很容易過目即忘，因為過多的角色和事件夾雜在小說情節中，難以讓讀者留下深刻印象。金庸寫完《書劍恩仇錄》、《碧血劍》之後，直到

《射鵰英雄傳》，才在寫作上有了重要的突破，也就是找到一個能貫穿小說的主題。即使在連續不斷的事件及插曲中，讀者會忘記或混淆故事片段，但對於貫穿小說的核心命題，往往能銘記於心。

譬如前文提到，從〈鐵槍廟中〉開始鋪陳黃蓉和歐陽鋒鬥智的情節，延續到〈大軍西征〉、〈從天而降〉，在這幾回中，貫穿的主題就是——郭靖和黃蓉之間的愛情。當郭靖說出饒歐陽鋒三次不死，這並不是自大之語，而是金庸從黃蓉的角度來寫郭靖的思考模式；雖然明知歐陽鋒是殺了他五位師父的大仇人，即使郭靖一生堅守忠義之道，但為了保護黃蓉，只要歐陽鋒答應不傷害她，他可以退讓三次，意味著他願意在報師門深仇這件事上，付出三倍的代價。這是金庸小說敘事的深刻及動人之處。

金庸從來不寫單一的場景，即使當他落筆寫下如好萊塢電影傘兵大作戰般的畫面，仍然表現出小說家的世故與圓融，不會任由這個場景單獨存在，而是包覆在細膩且完整的情節脈絡下，讓讀者讀來絲毫不覺得突兀。

金庸的武俠小說催生了奇異的閱讀效應，或者說，養壞了讀者的閱讀口味。原本武俠小說家在集體的武林通則中各顯神通，只要萬變不離其宗，無論怎麼寫，讀者都會買單。到了金庸，他在武俠小說中增添了許多內在層次，以至於讀者在閱讀過程中有著更多的期待，就無法回頭再看其他的武俠小說——怎麼可能只寫到這種程度。金庸之後，武俠小說的創作邁向了新的標準。

金庸小說的一大特點是人物辨識度極高，像是楊過、喬峯、張無忌等形象鮮明的主角，或是搶眼的配角如岳不羣、李莫愁等。讀者常常熱烈討論，並在現實世界裡找尋貌似小說角色的形象。無論是人性心理的豐富性，或是人物形象的描摹刻畫，金庸總能讓小說角色引起讀者高度的興趣，展現高超的小說藝術。

在《射鵰英雄傳》之前，從來沒有一部武俠小說出現過黃蓉這樣的角色。在黃蓉身上，想像中的武俠「隱世界」，套接上了「顯世界」中的傳統知識學問，從詩詞歌賦、歷史掌故，到琴棋書畫，甚至術數奇門等都無所不精。在閱讀這個角色的同時，會不知不覺在傳統知識系統中穿遊，這是其他武俠小說無法提供的閱讀體驗。

你不需要完全理解黃蓉所精通的學問，譬如當她為瑛姑解明她所留下的三道算題，傳授解題的算式：「以三三數之，餘數乘以七十；五五數之，餘數乘以二十一；七七數之，餘數乘十五。三者相加，如不大於一百零五，即為答數；否則須減去一百零五或其倍數。」即使你對於這個解答全然摸不著頭緒，也無礙於閱讀上的樂趣，反而跟著瑛姑神馳目眩，暗暗讚歎，折服於這個角色的聰穎，進而被小說故事說服了。同時，當我們看著瑛姑為了救出困在桃花島的周伯通，日夜苦思、鑽研術數，即使心知肚明再研習一百年也無用，根本勝不了桃花島主人的學識，仍然殫精竭慮，陷在術數的魅力中而欲罷不能，進而認同瑛姑的癡狂。閱讀至此，小說角色和故事情節完全虜獲了我們。

普通的小說家寫不出這樣滿腹經綸、魅力十足，又令人信服的角色，無法像金庸一樣將傳統知識文化編織在小說敘事之中。敘事層次豐富的作者可以描寫扁平的扁形人物（flat character），換言之，立體的圓形人物（round character）不可能出自敘事簡單的作者筆下。對照之下，意味著小說中最複雜的角色，往往回應了小說作者的複雜程度，由此來看，至少在武俠這個類型小說的領域裡，金庸是獨一無二的。

金庸創作過的角色，比如楊過、小龍女都令人印象深刻，但這兩個角色的形象純粹，都是屬於性格偏執的類型人物，是一般小說家可以掌握的。金庸的最大挑戰是寫出那些錯綜複雜的角色，他早期的突破之作《射鵰英雄傳》，其中的關鍵人物是黃蓉，而非郭靖。從塑造人物的難易度而言，郭靖是比較好駕馭的，難寫的是黃蓉及黃藥師。

到了創作中後期，金庸在敘事上又有所超越，例如表現在《笑傲江湖》岳不羣這個角色身上。如果小說家的內心不存在豐富的層次和深度，絕對寫不出像岳不羣這種表裡不一、城府至深的人物。再往後看，在金庸小說的創作史上，《鹿鼎記》極為重要，這部作品總和了金庸寫小說的本領和敘事技巧，堪稱登峯造極，也就一點不令人意外。《鹿鼎記》之後，金庸再無新作，因為他已寫盡他所能寫的武俠小說。

第六章

《神鵰俠侶》

問世間情是何物

01 難民潮背景下的《明報》

金庸小說有其獨特魅力，如果試著去瞭解金庸小說的寫作背景，亦即金庸當時所處的時代環境，會更容易理解金庸在武俠小說創作上的突破。如果同時精讀小說內容，就更能理解作者思想中最終極的關懷。

然而，大部分讀者對於小說的創作背景並不清楚。因為武俠小說是類型小說，讀者不覺得需要嚴肅以待。金庸在非比尋常的時代背景下，一邊辦報紙，一邊寫小說，今天的讀者確實難以想像上世紀五〇、六〇年代的社會氛圍。

一九五九年五月十九日，金庸在《香港商報》刊出《射鵰英雄傳》大結局。五月二十日，《明報》創刊號上開始連載《神鵰俠侶》第一期。金庸為《新晚報》寫《書劍恩仇錄》時，就發覺連載小說有其死忠讀者，雖然讀者不一定會買報紙，卻也可以提高報紙聲名，引起關注。因此，在報上開闢武俠小說專欄，可說是金庸辦報的重要策略。

金庸以八萬港幣資本創立《明報》，一開始便設定以武俠小說作為報紙支柱，必然影響報紙的定位。當時《明報》為娛樂性小報，以副刊為主，苦撐了兩年之久。一九六二年五月，爆發「五月逃亡潮」，在良心驅策下，《明報》搶先報導大陸逃港難民被集體遣返的新聞，才改變了一直以來不左不右的中間立場，一時間輿論沸騰，也豎立起《明報》人道主義的精神形象，漸漸轉型為以新聞及社評為主的大報。

回顧逃亡潮的歷史背景，必須再往前追溯至一九五七年。不曾生在那一個年代，很難理解當時的人所面臨的艱難。重述這段歷史，讓我想起一九六二年是多麼特殊的一個年分；我自己在一九六三年出生，卻從未意識到這一年牽連著一段多麼震撼的歷史事件。我早認識了和我同年出生的香港才子作家馬家輝，後來我們兩人在深圳遇到了胡洪俠，沒想到他也是一九六三年生的。因緣際會，我們三人共同在《深圳晶報》寫專欄，後來集結成書《對照記@1963》，書名凸顯了我們都出生於一九六三年。從此之後，就經常遇到讀者來相認，說他是這一年出生，或者他爸媽也是這一年出生。

某一次聊天時，與胡洪俠提到這件事。胡洪俠說在他長大的河北衡水村子裡，基本上同一代人當中，極少比他年長三四歲；換言之，從一九六三年往前推算，約一九五八至一九六二年，幾乎沒有嬰兒出生。

學界一般從一九五八年開始定義中國大陸的「三年困難時期」，當時中國發生嚴重的糧食短缺。到了一九六二年，連稻米之鄉廣東都發生了饑荒。廣東饑饉，便影響到香港，因為大批難民從廣東沿海冒險湧入。香港當時人口約三百三十萬，地狹人稠，港英政府認為香港人口負荷量已至極限，所以明確拒絕、禁止廣東難民從新界進入香港，這是基於現實因素上的考慮；作為對比，只需觀察香港現今緊張的局勢即可，幾乎是同樣的面積，現今名義上人口已有七百五十萬，實質人口大約逼近九百五十萬。這多出來的兩百萬人，就是來自大陸的移動人口。

難民湧入香港，擾亂香港當地的供需平衡，人口一超載，將衍生許多問題，如教育體制被破壞，租房與住房亂象叢生。當時港英政府便決定遣返逃港難民，這項政策也得到不少人支持。

但當時三百三十萬人口當中，超過一百萬人是一九四九年之後來港的，很多人剛離開大陸不久，能完全對大陸漠不關心嗎？不免有著複雜且矛盾的心情。以自身利益的角度，不宜接納廣東難民，但從人道主義的角度，也就是《明報》在一九六七年五月二十六日的社評〈豈有他哉？避水火也！〉，標題表示的，前後各波來港者，都同樣出於「避水火」的動機。

《明報》以人道主義為出發點，立場既非左派也非右派，更不是站在港英政府的立場，《明報》社評撼動了當時許多人，激發香港人的憐憫與同理。金庸提醒香港人珍視安居樂業的當下，回想香港過去的移民史，身為被殖民的人民，對於同樣血脈的難民處境可以置若罔聞嗎？香港人至少可以付出人道關懷。金庸在一九六二年五月十五日發表首篇社評〈火速！救命！——請立刻組織搶救隊上梧桐山〉，並在短時間內派記者前去沙頭角梧桐山，報導難民的處境。這期間的新聞報導，為《明報》帶來關鍵的大轉折。

港英政府治理香港的基本態度是：不涉及左、右派之爭，只要香港人在生活及經濟上一切守法，按照港英政府法律行事，發表任何言論皆不會被干涉。在此情況下，香港也同時關注大陸及臺灣的動靜。

《明報》轉型為大報之後，開始增加正刊的新聞報導內容。金庸長期關注國際外交事務及國際關係評論，能夠快速掌握國際媒體訊息，也解析臺灣與大陸之間的關係及動態。武俠小說之外，我們也不能忽略金庸寫時評的能力，在經營《明報》前二十年的時間裡，金庸一共寫了約七千篇社論。雖然社論文章並未署名，但香港人自能辨別哪一篇出自金庸手筆，因為《明報》會以字體做區別，只要社評主筆是社長金庸，就用粗體宋體，其他人主筆則用楷體。

這其實擔負著很大的風險。即使今天的記者寫新聞報導，都還是有消息掌握不夠全面的風險，何況那個年代，不論臺灣及大陸，都還處在非常封閉的社會狀態，很多時候金庸只能依據官方消息判斷局勢。以我自己的經驗，在《新新聞》週刊擔任總編輯時，曾經與資歷比我還深的記者共事過，他們身上必須有很多本事。例如，這些記者腦袋裡至少要能裝下兩千個電話號碼，一旦突發新聞事件，連翻本子、找電話的時間都很迫促，可能得撥打數十通電話，才能跑到一條獨家新聞。

回顧香港當時局勢，金庸洞悉《明報》最重要的價值與立基何在。一九六二年六月，他為《明報》新闢專欄「自由談」。這個專欄名字現今或許已司空見慣，但對於上世紀六〇年代的時代氛圍而言，提及的「自由」絕不能等閒視之。專欄「自由談」開版後，以「有容乃大，無欲則剛」為編輯室座右銘，由總編輯親自審閱稿件，號召讀者投稿。發刊詞寫道：

本報定本月十七日起，每星期增出「自由談」副刊，內容自由之極，自國家大事、本港興革、賽馬電影，以至飲食男女、吸煙跳舞，無所不談。歡迎讀者諸君，惠賜稿件。來稿思想意見極端自由，極左極右，極高極低，無不拜嘉。本港迄今為止，當無如此「真正自由之至」的報紙副刊，《明報》不受任何政治力量的影響，為純粹的民間報紙，有條件同時刊登資本主義和馬克思主義者的文章，來稿貴乎「言之有物」，最歡迎談事實，比較不歡迎空談謾罵，但車大炮亦為自由之一，車得精彩，豈非快事？「自由談」副刊由本報總編輯親自處理來稿，保證不偏不倚，公正無私，對任何讀者均極端尊重。稿酬從豐，每篇希勿超過一千五百字。

這段徵稿的發刊詞，其中關鍵的句子就在「有條件同時刊登資本主義和馬克思主義者的文章」。這句話指出金庸深諳《明報》的重要性在於既非左派、也非右派的立場，甚至可以容納左右兩派不同的意見，不逢迎左右兩派的讀者。反映在報紙銷量上，立即凸顯出《明報》與其他報紙的高下之別，豎立了《明報》的獨特招牌。可是這種做法也容易使自己陷入兩難，這種既非左派、也非右派的立場，當然會引起兩方的攻訐，聯合起來罵《明報》及查良鏞，逐一找碴《明報》社評所提的各種議題。

02 筆戰與重生

一九六四年，金庸前往日本參觀《朝日時報》，同時見到《朝日時報》社長及日本外相大平正芳。當外相對《朝日時報》社長鞠躬、社長回禮時，金庸下意識地認為，鞠躬的這個人一定是《朝日新聞》社長，因為中國官場的習慣向來如此。但一旁同行的人解釋說鞠躬致意的是外相，從來沒有報社社長向官員鞠躬的道理。金庸一聽非常驚訝。這次出訪日本所見所聞，讓金庸體會到何為新聞媒體的風骨與報格。

《朝日新聞》針對金庸此行發佈了一則新聞，寫香港《明報》編輯部長金庸來訪。新聞一刊出，左派報紙立即抨擊查良鏞，時間長達一個月之久。這條新聞問題出在哪裡？在「編輯部長」四個字，左派報紙對此大做文章，說金庸吹噓自己，中國從來沒有「編輯部長」這個職稱，但這其實是日文翻譯問題。對於左派報紙有意攻訐，金庸絲毫不退讓，他特意在《明報》頭版刊登頭條新聞回應，寫明「敬請」某左翼報紙「指教和答覆」。《明報》與左派五大報之間的論戰一直延續至同年十一月，從頭至尾只有金庸一人執筆獨戰左派報紙所有文章。

不過，這次完全不對等的香港報業論戰突然收場，實質上等於金庸勝出。極有意思的地方在於：首先，這起事件非常類似武俠小說的情節，以一敵五而最終獲勝；其次，國民黨雖然不喜歡金庸，卻從未以筆戰方式圍剿《明報》，當時主要發動攻擊的是《大公報》及《新晚報》。

回首一九五五年金庸開始寫武俠小說，正是為了刺激《新晚報》的報份銷量。他創辦《明報》之後，相當長一段時間內，每逢《大公報》社慶，金庸都會受邀為《大公報》寫社論，這表示《大公報》十分看重金庸的文筆，他與《大公報》也一直維持良好關係，甚至當《大公報》記者替《明報》寫稿，《大公報》也毫不干涉；從另一個角度看，《明報》能夠順利經營，《大公報》其實功不可沒。但及至一九六四年，《大公報》、《新晚報》顯然與《明報》決裂了。

對於這段過往的心路歷程，金庸留在了他的武俠小說裡。梁羽生曾經提過，當時金庸正在寫《天龍八部》，對照現實，小說有一幕場景反映了金庸當時的心境——蕭峯在聚賢莊英雄大宴上，端起一碗酒說道：

「這裏眾家英雄，多有喬峯往日舊交，今日既有見疑之意，咱們乾杯絕交。那一位朋友要殺喬某的，先來對飲一碗，從此而後，往日交情一筆勾銷。我殺你不是忘恩，你殺我不算負義。天下英雄，俱為證見。」

飲酒斷義之後，蕭峯以一人之力大戰中原武林群豪。這種武俠情節竟然出現在現實裡。

依照武俠小說套路，經過八方人馬圍剿的情況下，一個人未死而活下來之後，武功一定會鍛鍊得更高強。《明報》經歷一九六四年這一場論戰後，總發行量已達到八萬份。實在應該感謝這些左派報紙，讀者都搶著看《大公報》怎麼攻擊金庸，金庸又如何回應。這是金庸人生當中另一段極為奇特的高峯，堪稱戲劇性，他的社評竟然比武俠小說還受歡迎。

當左派報紙圍剿《明報》時，《明報》已經站穩香港第一大報的位置。作為香港第一大報，《明報》的基本路線及特色，在於不畏懼報導並解讀臺灣與大陸之間的關係。從這一角度來看，在香港報業史上，唯一能在立場與地位上跟《明報》相提並論，甚至能挑戰《明報》的新聞媒體，只有《新聞天地》雜誌。《新聞天地》創辦人是卜少夫，這份週刊與《明報》最大的共同點，在於兩者皆以中立的立場處理兩岸議題，而且都以見解精闢聞名。只不過《新聞天地》與《明報》在許多事件的解讀上，往往並不一致。所以當時香港讀者另一趣味，就是在大事件發生時，同時讀《明報》與《新聞天地》，對照看看查良鏞和卜少夫兩人是否持有相同看法。

《明報》成為香港第一大報後，為維持名聲不墜，金庸必須持續精準地分析及預測社會局勢。那段時間，《明報》及查良鏞在香港報業的地位是相當高的。但由於金庸作為武俠小說家太成功，相對也付出了另一種代價：倘若他沒有成為金庸，作為《明報》社評主筆的查良鏞，在那個時代也絕對可以留名。只是金庸寫武俠小說的名氣遠勝過寫時評的查良鏞，及至後來，查良鏞走出人們的記憶，不記得他寫時評的筆鋒不亞於寫武俠小說的文采。

當其他的報紙都從立場上發聲，唯有「國家大事、本港興革、賽馬電影，以至飲食男女、吸煙跳舞無所不談」的《明報》，能夠精闢地指陳時事，觀察兩岸局勢，成為公認可以信賴的新聞媒體中心。

《明報》的影響力極大，部分肇因於查良鏞的社論風格趣味盎然。一方面顯示出查良鏞這期間對政治局勢的觀察及用心，遠超過他以往對中國事務所投注的關心；另一方面，由於十分洞悉中國時局，也因此從中衍生出感慨。例如查良鏞當時深信「文革」不只是文化事件，也預知這場政治浩劫很難收場。

03 在海嘯來襲的時候，築一道牆

為何查良鏞如此關注「文革」？因為「破四舊」，即紅衛兵提倡的破除舊思想、舊文化、舊風俗、舊習慣。舉例來說，七〇年代金庸全面修訂他的小說，陸續推出《金庸作品集》，香港和臺灣版本的小說前面，每一冊都選刊了與小說主題相關的歷史圖像。讀者也許完全不在意，但對於金庸來說卻彌足珍貴；他竭力尋找與小說內容相關的文物紀錄，舉凡宋代武器圖、古硬幣碑帖器物棋譜雕刻書冊、近代名家如八大山人、郎世寧的繪畫等，全都在他收錄的範圍之內。然而，這些珍貴歷史文物都是「四舊」，全都成為紅衛兵欲毀之而後快的邪惡存在。一九六六年一月，金庸做了一件至關重要的事，他決定在原來的報社之外另租一間辦公室，並打通辦公室隔間，設作藏書室，供他個人辦公使用。

另闢一間辦公室，是為了創辦《明報月刊》。也就是在「文革」爆發的當下，

《明報月刊》正式創刊。金庸後來在整理創辦《明報月刊》的心情時，曾經留下一句話：「在海嘯來襲的時候，築一道牆，把能夠留住的東西給留住。」

應該如何定義《明報月刊》？《明報月刊》和《明報》不一樣，對金庸而言，這份月刊是保存中華文化的重要基地，「把能夠留住的東西給留住」，這句話非常重要。我們可以回頭這樣看，金庸在寫武俠小說的時候，應該很早就動過這樣的念頭。時局不斷變化，許多東西在快速的變化中似乎都將消失了，所以他才有如此心情。

雖然以香港為基地，雖然在香港發行，可是《明報月刊》是面對廣大海外，所有對中華文化有意見、有信念、有情感的華人。金庸自己是創辦人兼任總編輯，到一九六八年六月由胡菊人接任總編輯。他們兩人的基本做法就是想辦法蒐羅關於中華文化的各種文章。

從《碧血劍》到《射鵰英雄傳》，金庸的寫作技法有著極大的飛躍；而從《射鵰英雄傳》到《神鵰俠侶》，又是另一個重要的轉折期。其中最關鍵的，來自查良鏞的《明報》副刊理念，舉凡「國家大事、本港興革、賽馬電影，以至飲食男女、吸煙跳舞，無所不談」。他心裡自有一個非常清楚的意念：除了《明報月刊》要做的，也企圖在武俠小說中保留另一些珍貴的東西，將來在香港可能再也見不到，甚至從此絕跡於時代洪流中的東西。那是什麼？那是天真的愛情。

仔細探究《神鵰俠侶》的基本寫法，為什麼與《射鵰英雄傳》如此不同？因為一開場，所有人、事、物指向的重要核心是愛情。書中人物的恩怨情仇都始於愛情關係的糾葛，愛情竟然在人的生命中扮演如此關鍵的角色。因此，「愛情」元素於一般武俠小說被視為過場，但在《神鵰俠侶》中，「終南山下至死不渝的愛情」為通篇小說定調。《神鵰俠侶》以李莫愁、陸展元、何沅君與武三通之間的四角畸戀開場，實在太過奇特，本來接在《射鵰英雄轉》華山論劍之後，應該以黃蓉與郭靖為主線的故事，卻被楊過與小龍女的愛情喧賓奪主。

武三通登場時是個「怪客」，瘋瘋癲癲說著傷心往事，陸無雙與程英兩個小女孩帶他去看槐樹下陸展元與何沅君夫婦的墓。武三通得知義女死訊，悲憤地狂叫、拔樹，不停出掌劈向陸展元的墓碑：

> 他呆了一呆，叫道：「我非見你的面不可，非見你的面不可。」雙手猛力探出，十根手指如錐子般插入了那座「陸門何夫人」墳墓的墳土之中，待得手臂縮回，已將墳土抓起了兩大塊。只見他兩隻手掌有如鐵鏟，隨起隨落，將墳土一大塊一大塊的鏟起。程陸二人嚇得臉無人色，不約而同的轉身便逃。

這是小說第一個場景。接下來，第二個場景來到陸家莊：

> 卻見牆上印著三排手掌印，上面兩個，中間兩個，下面五個，共是九個。每個掌印都是殷紅如血。

這是李莫愁留下的，因為她「殺人之前，往往先在那人家中牆上或是門上印上血手印，一個手印便殺一人」，陸立鼎一看，便知這是滅門警訊。這兩段畸戀，一個是武三通對義女何沅君的不倫之情，一個是李莫愁對陸展元的偏執之愛。陸展元移情別戀，與何沅君結為夫婦，導致李莫愁因愛生恨，從此性情大變，殺人不眨眼。她但凡聽到有誰「姓何」，或是看到「沅」字，便聯想起「何沅君」橫刀奪愛，對不相干人痛下殺手，「手刃何老拳師一家二十餘口男女老幼」，還不分青紅皂白，「在沅江之上連毀六十三家貨棧船行，只因他們招牌上帶了這個臭字」。

這兩段畸戀都圍繞在「所愛之人棄己而去」的糾結上，而被棄之人終至瘋魔。十年前陸展元與何沅君的婚宴上，武三通與李莫愁同時大鬧宴席，卻被座中「一位大理天龍寺的高僧」制止，「保新夫婦十年平安」。十年約期一至，李莫愁心中仇恨高漲到不可思議的地步，一心要滅門洩憤。這兩段畸戀，是小說中的過場，同時也為小說主軸定調，如同後來李莫愁在烈焰之中臨死前仍淒厲唱著：「問世間，情是何物，直教生死相許？」堪稱《神鵰俠侶》的主題曲。

金庸嚴肅看待「情是何物」這個小說主題。以往武俠小說裡提及生死，都是關乎俠客義氣與武林存亡，從傳統俠義小說以降，「義」重於一切。《射鵰英雄傳》也是如此，金庸在郭靖身上著墨最多的就是「義氣」二字，郭靖這個角色也象徵「義」。對照來看，黃蓉是武林怪胎，她可以不講義氣，而是以親情為重，在角色設定上，她性格中唯一較不可信的地方，在於她對郭靖的一片癡情；如此聰明絕頂的角色，為何會深愛郭靖？但金庸仍然發揮小說家本事，讓讀者覺得黃蓉愛郭靖愛得合情合理。

到了寫《神鵰俠侶》，金庸反而認真地問：為何愛情可以「生死相許」？這部小說中出現的重要角色，都將愛情看得比自身生命還重要。為什麼會將愛情凌駕於生死之上？因為他們全都是感情殘缺之人。

兩段畸戀開場之後，郭靖的故人之子楊過登場了。但是看楊過遇見郭靖的情景，便知楊過此時還不是主角。

04 楊過：從《阿Q正傳》跑出來的俠

楊過這個角色有趣極了，他不折不扣是個誤打誤撞的主角。依照金庸原先的設定，《神鵰俠侶》接續《射鵰英雄傳》，寫成吉思汗死後郭靖、黃蓉的後續事蹟。但寫著寫著，楊過變成了主角。從楊過初次登場的形象，可以推測金庸在連載過程中，很可能更動了原先小說的情節設定。

《射鵰英雄傳》書末，穆念慈在鐵掌峯失身於楊康之後，回臨安故居途中，在樹林破屋生下楊過。某天險遭丐幫彭長老凌辱，被郭靖、黃蓉巧遇搭救。黃蓉說起楊康已在嘉興鐵槍廟中去世，穆念慈垂淚請郭靖為孩兒取名字——「楊過，字改之。」金庸以楊康的遺腹子為引子，續寫郭靖、黃蓉解襄陽城之危後的江湖。

金庸開始寫楊過，背後隱含一個人物原型。楊過當時十三歲，住在一個破窯洞裡，在赤練仙子李莫愁、飛天蝙蝠柯鎮惡等人大戰之際：

一個衣衫襤褸的少年左手提著一隻公雞，口中唱著俚曲，跳跳躍躍的過來，見窯洞前有人，叫道：「喂，你們到我家裏來幹麼？」走到李莫愁和郭芙之前，側頭向兩人瞧瞧，笑道：「嘖嘖，大美人兒好美貌，小美人兒也挺秀氣，兩位姑娘是來找我的嗎？姓楊的可沒這般美人兒朋友啊。」臉上賊忒嘻嘻，說話油腔滑調。

郭芙罵他「小叫化」，其實並不為過。穆念慈早幾年已染病身亡，從此之後，楊過一個人孤零零流落在嘉興，住在破窯中，「偷雞摸狗的混日子」。將小楊過設定為乞丐，意指楊過就是阿Q，他是從魯迅《阿Q正傳》化身出來的一個角色。及至郭靖、黃蓉尋查而來，郭靖想要為不小心中了李莫愁冰魄銀針之毒的楊過治傷：

郭靖見他臉上悻悻之色，眉目間甚似一個故人，心念一動，……翻掌抓住了他手腕。那少年幾下掙不脫，左手一拳，重重打在郭靖腹上。……那知拳頭深陷在他小腹之中，竟然拔不出來。他小臉脹得通紅，用力後拔，只拔得手臂發疼，卻始終掙不脫他小腹的吸力。郭靖笑道：「你跟我說你姓甚麼，我就放你。」那少年道：「我姓倪，名字叫作牢子，你快放我。」郭靖聽了好生失望，腹肌鬆開，他可不知那少年其實說自己名叫「你老子」，在討他的便宜。那少年拳頭脫縛，望著郭靖，心道：「你本事好大，你老子不及乖兒子。」

這段對話讓人聯想到《阿Q正傳》。阿Q生來有癩瘡疤，常被人取笑，當他「被人揪住黃辮子，在壁上碰了四五個響頭」時，心裡就想：「我總算被兒子打了，現在的世界真不像樣……」於是得勝似的心滿意足走了。幾乎全莊的人都知道阿Q有「這一種精神上的勝利法」，所以每當有人抓住他的黃辮子，都會衝著他說：「阿Q，這不是兒子打老子，是人打畜生。」

金庸將楊過寫成阿Q，還在遇見瘋瘋癲癲的歐陽鋒時。歐陽鋒神志失常，第一次遇見楊過，就將楊過當作私生子歐陽克，要楊過叫他爸爸。楊過第二次再見到他：

楊過驚喜交集，叫道：「是你。」那怪人道：「怎麼不叫爸爸？」楊過叫了聲：「爸爸！」心中卻道：「你是我兒子，老子變大為小，叫你爸爸便了。」

楊過此時完全是典型的阿Q，插科打諢，在小說裡是個被嘲笑的對象，或許當時金庸有意借由楊過去寫他眼中所見的國民性。倘若順著這個思路，楊過當然名副其實是個負面角色，但這個負面角色一路誤打誤撞、闖蕩江湖，原先阿Q的那一面旋即消失了。

金庸筆下的楊過，其實是個感情殘缺的人：他是遺腹子，母親又早逝，葬母之後，他就是個孤零零的小乞丐。阿Q也「沒有家」。但金庸沒有魯迅那般的黑暗與殘酷，魯迅從來沒有同情過阿Q，因為他認為中國文化的沉痾來自社會底層的阿Q精神，導致革命失敗。魯迅藉著為阿Q立傳，描繪中國社會最黑暗的一面。金庸卻非如此，當他寫楊過這個角色時，時而同情、憐憫楊過，所以讀者能從這個小乞丐身上，感受到他的人生困局在於自卑及自大。因為他是小乞丐，人人都可以欺負他、瞧不起他；當他對郭靖說出「倪老子」的雙關語時，其實是仿效了阿Q的「精神勝利法」，借由言語上佔人便宜來自我保護。對金庸而言，這樣卑微的人飽受世俗白眼與滿腹委屈，才發展出扭曲的性格，他實在不忍心讓楊過徹底變成阿Q再世。

隨著情節推進，楊過不僅無賴，還癡情無比，將這兩項特質合在一起，才能完整地形塑楊過。他為什麼會對小龍女一往情深？甚至情癡到了義無反顧的地步？因為他是個孤兒，沒有人真心疼愛他。楊過不是在正常的人情環境下長大，但凡有任何人對他釋出一點善意，他都會牢牢抓住這份情感。例如，當楊過為了逃避全真教群道的追擊，摔在活死人墓旁的山坡草叢中，是孫婆婆救治了他。在孫婆婆慈愛的關切聲中：

楊過已好久沒聽到這般溫和關切的聲音，胸間一熱，不禁放聲大哭起來。

所以當全真教郝大通誤殺了孫婆婆，楊過更悲痛得號啕大哭。

他對小龍女的癡情，凌駕在自己的生命之上。金庸在楊過身上灌注了非常濃厚的棄兒情結，淋漓盡致地描寫楊過棄兒般的身世。例如，當小龍女應允孫婆婆死前遺言，要照料楊過一生一世，教他武功，即使小龍女責打他，楊過的反應竟是：

楊過道：「那要瞧是誰打我。要是愛我的人打我，我一點也不惱，只怕還高興呢。她打我，是為我好。有的人心裏恨我，只要他罵我一句，瞪我一眼，待我長大了，要一個個去找他算帳。」

面對全真派道士汙辱他、嘲弄他，他怒不可遏，絕不屈從；反之，因為他從小就缺乏關愛，如果有人捎給他一丁點善意，他也都悉數牢記在心裡。所以當小龍女問楊過：

小龍女道：「你倒說說看，那些人恨你，那些人愛你。」楊過道：「這個我心裏記得清清楚楚。恨我的人不必提啦，多得數不清。愛我的有我死了的媽媽，我的義父，郭靖伯伯，還有孫婆婆和你。」

除了癡情，楊過還非常狡猾，能想出各式各樣的詭計。楊過聰明絕頂，比如歐陽鋒教他驅毒的口訣和行功之法，金庸形容楊過「極是聰明，一點便透，入耳即記」，就連歐陽鋒也說：「你這孩兒甚是聰明，一教便會，比我當年親生的兒子還要伶俐。」所以在寫楊過時，為了凸顯他的聰明與狡猾，很多時候金庸不是從他的武功著手，而是在關鍵時刻以詭詐心計逃過難關。楊過給人的印象就是詭計多端，分不清他口中究竟是真話或假話，需時時提防他話裡有詐。

《神鵰俠侶》有一幕，精彩生動地描述了楊過、金輪法王、李莫愁三人的輪番纏鬥。原來郭靖黃蓉之女郭襄在襄陽城出生之後，被小龍女抱出來打算到絕情谷為楊過換取解藥，哪知金輪法王窺伺在側，與楊過、小龍女在屋頂惡鬥起來，更沒想到李莫愁又橫加插手，抱走了嬰兒。從這裡開始，金輪法王、楊過和李莫愁三人一路從城裡追到了城外，隨即展開混戰，誰都想要把嬰兒搶到手。剛剛出生的小嬰兒正是混戰的籌碼，對不怕傷害嬰兒的人來說，她是一面護住自身要害的盾牌；另一方面，誰怕這個小嬰兒受到損傷，她就成為誰的累贅。兩兩相鬥之下，第三人旁觀戰局之餘，也在琢磨下手的最佳時機。一場不斷疾殺的混戰，比的不只是功夫高下，更是一場心理戰，較量誰能看破對方的弱點，在空隙中搶得先機。

幾個回合下來，當法王從李莫愁拂塵下搶走嬰兒，才剛喜不自勝，楊過又不顧性命撲來，奪回了嬰兒。但楊過已被金輪法王看破弱點：

> 法王見李莫愁不顧嬰兒，招數便盡力避開嬰兒身子，但見楊過唯恐傷害於她，兩個輪子便攻向嬰兒的多而攻向他本人的反少。這一來，楊過更是手忙腳亂，抵擋不住，大聲叫道：「李師伯，你快助我打退禿賊，別的慢慢再說不遲。」

楊過抵敵不住，便想與李莫愁聯手，引得法王猜疑。哪知李莫愁只是袖手不動。又鬥一陣，楊過已然勢窮力竭，轉眼便要喪命：

三人中法王武功最強，李莫愁最毒，但論到詭計多端，卻推楊過。他一陣傷心過了，隨即籌思脫身之策，心想：「郭伯母當年講三國故事，說道其時曹魏最強，蜀漢抗曹，須聯孫權。」李莫愁既不肯相助自己，只有自己去助李莫愁了，當下刷刷兩劍，擋住了法王，疾退兩步，突將嬰兒遞給李莫愁，說道：「給你！」

這一著大出李莫愁意料之外，一時不明他的用意……

楊過急中生智，引三國蜀漢聯孫吳抗曹魏之鑒，強拉李莫愁作孫吳。這一招是嫁禍惡計，唆使金輪法王轉而攻擊李莫愁，楊過得以坐山觀虎鬥，「待二人鬥個兩敗俱傷，才出來收漁人之利」。其後楊過又以口舌虛張聲勢，說自己劍上有劇毒，讓之前被楊過長劍刺傷的法王，不由得擔心氣餒。楊過和李莫愁躲進山洞後，又是一番精彩的鬥智詭計，兩人終於脫離法王要脅，全身而退。

小說一再強調，楊過此時的武功不足以抵擋法王等高手，但最後都能想出萬全的退敵之策。他之所以勝出，不是技高一籌，而是憑藉他的聰明狡詐。作為主角，楊過在小說中的形象，截然不同於陳家洛和袁承志這類的英雄面目。

在正統的武俠世界裡，「俠」必然有其原則；行走江湖的大俠，其迷人之處正在於他的正義原則。但是當楊過這樣一個不按牌理出牌的俠，栩栩如生地出現在讀者眼前，陳家洛及袁承志之類的俠，就顯得有些無聊，因為他們太有原則了。在任何場合，這些「俠」一律堅守江湖的遊戲規則，尤其忌諱以多欺少、以強凌弱。當金庸筆下的楊過一出場，你會發覺，武林不就應該是現實的武林嗎？武林之中，難道所有人只能靠比武爭勝嗎？面臨生死存亡之際，誰能夠贏、誰能夠活下來才是至關重要的事。楊過就是這樣一種現實主義的存在。

楊過性格中的現實感有其來歷，我們可以從黃蓉這個角色聯繫到楊過身上，只不過楊過更具現實性。楊過與黃蓉其實是同一類人，《神鵰俠侶》中多次描寫楊過與黃蓉鬥智，楊過藏在心中的種種奸巧計謀，黃蓉全都推算得出來。比如〈襄陽鏖兵〉這一回，楊過下定決心要殺郭靖為父報仇，剛好郭靖夫婦邀他研商前去蒙古軍營搭救武氏兄弟之法：

楊過早已算到：「郭伯母智謀勝我十倍，我若有妙策，她豈能不知？……有我和姑姑二人相助，他（指郭靖）自能設法脫身。」隨即想到：「但若我和姑姑突然倒戈，一來出其不意，二來強弱之勢更是懸殊，那時傷他可算得易如反掌。我即令不忍親手加害，假手於法王諸人取他性命，豈不大妙？……黃蓉啊黃蓉，你聰明一世，今日也要在我手下栽個筋斗。」

但黃蓉畢竟智高一籌，她這樣回楊過：

黃蓉搖頭道：「不，我意思只要過兒一人和你同去。龍姑娘是個花朵般的閨女，咱們不能讓她涉險，我要留她在這兒相陪。」楊過一怔，立即會意：「郭伯母果有防我之心，她是要留姑姑在此為質，好教我不敢有甚異動。」

兩人都猜出對方心中計策，但幾番交手，楊過處處落於下風。唯有相似之人能看穿對方心中所想，從這點來看，他們屬於同一類人，而這類人最大的特點在於他們距離傳統的「俠」非常遙遠。

楊過每一個關鍵決定，都與「為國為民」無涉。他永遠感情用事，心目中的「第一優先」始終是他姑姑小龍女。直到小說中段，他備受父親楊康身死之謎所折磨，他的生命中才又多增添一項心願——完成為父報仇的私怨。在〈襄陽鏖兵〉這一回，就是描寫楊過如何包藏禍心，想要刺殺郭靖。在傳統武俠小說中，絕不會在主角身上發生這樣的情節。楊過從未打算光明正大地與郭靖一對一決鬥，從沒想過用有尊嚴的方式贏過郭靖、為父報仇，而是要在有限的生命時間完成夙願，伺機而動，當殺就殺。

從司馬遷的《史記·遊俠列傳》，到清末章太炎的「儒俠」說，武俠小說繼承而來的「俠」，不應該像楊過那樣，故事都發展到一半了，主角心裡竟沒有「為國為民」的價值情操。他原本一心一意只想手刃殺父仇人，但自從和郭靖脫險歸來：

> 一經共處數日，見他二人（郭靖夫婦）赤心為國，事事奮不顧身，已是大為感動，待在蒙古營中一戰，郭靖捨命救護自己，這才死心塌地的將殺他之心盡數拋卻，反過來決意竭力以報。

其時郭靖身上負傷，臨危之際，楊過聽到郭氏夫婦以「國事為重」的簡短對答：

> 他決意相助郭靖，也只是為他大仁大義所感，還是一死以報知己的想法，此時突聽到「國事為重」四字，又記起郭靖日前在襄陽城外所說「為國為民，俠之大者」、「鞠躬盡瘁，死而後已」那幾句話，心胸間斗然開朗，……幼時黃

蓉在桃花島上教他讀書，那些「殺身成仁、捨生取義」的語句，在腦海間變得清晰異常，不由得又是汗顏無地，又是志氣高昂。……他心志一高，似乎全身都高大起來，臉上神采煥發，宛似換了一個人一般。

至此，楊過身上終於有了正統俠道的氣概。換言之，作為武俠小說主角，楊過大半時候並不是標準意義上的「俠」，他總是私情高於公義。

《神鵰俠侶》的時代背景設定在南宋，楊過愛上姑姑，師徒二人欲結為夫妻，完全違背了當時的禮教。然而，楊過一往無前地公然與禮教對抗，只是為了一己私情，而不是為了公共性目的。金庸在這部小說中大肆翻轉「俠」的形象，讓楊過成為以私情為重、反禮教的象徵人物，也正因為如此，打動了不少讀者的心。

05 私情比公義迷人

陳家洛、袁承志、郭靖等人都可歸類為傳統的大俠，但武俠傳統發展到《神鵰俠侶》的楊過，突然間出現這麼一個不成體統的俠，為什麼會發生這種變化？回顧金庸創作史，其實有跡可循，原來金庸在寫作過程中慢慢注入一股新的力量，開始探討正、邪之間的曖昧地帶。這可以從《射鵰英雄傳》中看出。

《射鵰英雄傳》其中一個故事核心，圍繞在東邪、西毒、南帝、北丐、中神通等「五絕」，這五人的寫法很明顯不太一樣，前一章已有提及。首先，人物刻畫最為簡單的是歐陽鋒，他就是純粹的壞，即使洪七公曾在大船之上、木筏之下救歐陽鋒倖免於難，他仍然不改其惡，屢次暗算洪七公。於是北丐洪七公與西毒歐陽鋒形成了強烈對比，從正邪之分來看，北丐不折不扣是個傳統武俠人物。北丐與西毒，一正一惡，從小說開篇至結尾，從未改變其面目。

小說中有一幕場景令人印象深刻，金庸借用了《聖經》的故事。第二次華山論劍前夕，正當瑛姑等人要取仇敵裘千仞的性命時：

裘千仞仰天打個哈哈，說道：「若論動武，你們恃眾欺寡，我獨個兒不是對手。可是說到是非善惡，嘿嘿，裘千仞孤身在此，那一位生平沒殺過人、沒犯過惡行的，就請上來動手。在下引頸就死，皺一皺眉頭的也不算好漢子。」

意思是說，沒有罪的人可以丟第一顆石頭，但是你們這些人生平都殺過人，憑什麼來指責我？這時只有一個人敢動手，這個人是誰？是九指神丐洪七公！

洪七公道：「不錯。老叫花一生殺過二百三十一人，這二百三十一人個個都是惡徒，若非貪官汙吏、土豪惡霸，就是大奸巨惡、負義薄倖之輩。老叫花貪飲貪食，可是生平從來沒殺過一個好人。裘千仞，你是第二百三十二人！」

他接著痛罵裘千仞與金人勾結，賣國賊絕不能爭這武功天下第一的榮號。如此大義凜然，如此堅持原則。

是非善惡那麼黑白分明，及至《神鵰俠侶》，金庸自己都忍受不了，開始模糊正邪之間的界線。又是在華山，洪七公與歐陽鋒狹路相逢，兩人連續比拚了武功、內力、棒法杖法數日，最後卻相擁大笑而亡：

> 洪七公哈哈大笑，叫道：「老毒物歐陽鋒，虧你想得出這一著絕招，當真了得！好歐陽鋒，好歐陽鋒。」……
>
> 兩個白髮老頭抱在一起，哈哈大笑。笑了一會，聲音越來越低，突然間笑聲頓歇，兩人一動也不動了。……
>
> 北丐西毒數十年來反覆惡鬥，互不相下，豈知竟同時在華山絕頂歸天。兩人畢生怨憤糾結，臨死之際卻相抱大笑。數十年的深仇大恨，一笑而罷！

正邪最後的結局是超脫並理解了正邪之間的曖昧。正因為人人都斷定邪不勝正，或是正邪不兩立，所以金庸沒有為正邪對決寫下最終勝者。如此結果，一切意在言外。

不只楊過，南帝段皇爺（一燈大師）也不是傳統的俠。段皇爺摒棄塵世國君身分，是為了受困於「情」帶來的懊悔與痛苦。當他貴為一國之君時，愛妃劉貴妃

（瑛姑）與周伯通在切磋點穴功夫之時，突破男女之防，鑄下私通大錯。此後他鬱鬱不樂，荒廢國務，只以練功自遣。回顧這段前塵往事時，一燈大師說當時雖未再召見劉貴妃，但「睡夢之中卻常和她相會」，顯然不能忘情。此外，他還須面對人生終極的試煉：是否要出手救情敵的小孩？當時他心中甚為傷痛，他沒有犧牲自己去救瑛姑的孩子，一部分原因是受愛情欺辱，一部分則是倘若為了救人，折損功力，「華山二次論劍，再也無望獨魁群雄」。

因一己私欲，不救垂死嬰兒，對段皇爺而言是罪孽深重的心理障礙，他不飲不食，苦思三日三夜「終於大徹大悟」，出家為僧。段皇爺原屬公共性的角色，他貴為大理皇帝，卻將私情凌駕在國政之上，放棄了自己的公共責任。

中神通王重陽也不是傳統意義上的俠。在《射鵰英雄傳》中，王重陽是丘處機等全真七子的師父，第一次華山論劍耗時七天七夜，擊敗東邪、西毒、南帝、北丐，奪得武功天下第一的威名及《九陰真經》。到了《神鵰俠侶》，王重陽則變得有血有肉，透過小龍女細數古墓派來歷，王重陽的生平重新被挖掘出來，全真派與古墓派之間的恩怨情仇，像倒影般映在小龍女與楊過的愛情故事上。在金庸所有小說中，王重陽與林朝英之間的感情糾葛，可說是一段最被低估的愛情。

王重陽與林朝英的虐戀，是一種絕對的、終極的愛，而非一般的浪漫愛情故事。這兩人為什麼相互吸引，尤其是林朝英為什麼對王重陽愛得無法自拔？全是因為「武」，這種愛來自佩服，也來自崇拜。也因為如此，他們兩人永遠無法雙宿雙棲、結為情侶；這種生根於「武」的愛情，必然激發出武學上的競爭。

王重陽和林朝英一直各自潛心練武、鑽研武學，也在武藝上論高下。最後一場莫名其妙的比武打賭，「王重陽竟輸給了祖師婆婆，這古墓就讓給她居住」。王重陽在古墓一間石室中留下武功精奧，「室頂石板上刻滿了諸般花紋符號」，而林朝英移居古墓後，也在另一間對稱的石室室頂「刻滿了無數符號」。原本賭局結束後，這段愛情應該也就此埋入古墓，但死亡又一次延續這段不服輸的愛情。

原來林朝英在石室頂上留下的武功之秘，叫做《玉女心經》。林朝英故去後，王重陽悄悄回到古墓弔祭故人，見到了遺刻，「但見玉女心經中所述武功精微奧妙，每一招都是全真武功的剋星」，於是三年間足不出山，仍想不出一套融會貫串的武學，直到華山論劍後奪得《九陰真經》，終於豁然領悟，刻下破解《玉女心經》之法，更在石棺蓋底寫下「玉女心經，技壓全真；重陽一生，不弱於人」十六個字。愛情發展到最深刻時，會對那個人永遠念念不忘，也會想起對方令人敬佩的武學成就，就不可能忘卻彼此在武學上的競爭。

這種感情僅止於思念，而越是思念，越想在武功上比個高下。這段感情牽絆著兩位武學奇才的自負，感情越深，好勝之心也越強，結成眷侶還是差了一步。

相較於王重陽的不甘服輸，林朝英在生命終結前，將競爭的心情化成一股對愛情的嚮往，縷縷相思全都寄託在《玉女心經》最後一章——玉女素心劍法。此劍法如果要發揮最大效益，必須和全真派劍法相輔相成，一人使玉女劍法，一人使全真劍法，「相互應援，分進合擊」，兩人心意合一時，才能展現雙劍合璧的威力。

王重陽是個情種，除了「組義師反抗金兵」，沒有其他公義的事蹟。在武俠歷練上，他開創全真教，奪得天下第一的稱號，除此之外，他與林朝英相知、相惜又相競的愛情故事，最令人印象深刻。

五絕之中，東邪黃藥師以「邪」為名，但他不是真正的邪派，而是遊走於正邪之間。東邪的獨生女黃蓉也承襲了亦正亦邪的性格，使《射鵰英雄傳》偶爾也有些邪氣。金庸脫離武俠小說正道，創造了郭靖這樣一個既魯鈍又憨厚的角色；同時，也凸顯黃蓉有多麼嬌俏和聰穎，由黃蓉牽引著郭靖，鋪陳故事情節。

當然，黃蓉也受了郭靖影響，跟隨其志，轉變為國家大義至上，然而《射鵰英雄傳》之後有了《神鵰俠侶》，金庸寫出楊過、小龍女這樣私情勝於公義的「俠侶」，來對照成婚後的黃蓉，反而重視起所謂的世俗禮教大防。

郭靖因為黃蓉，有時也會暫且放下公義，顯現出顧念兒女私情的一面。金庸在

《射鵰英雄傳》時稍微挑戰了傳統武俠小說，到了《神鵰俠侶》，便毫無顧忌地發展自己的小說路數，藉由楊過這個角色，離開傳統的、正統的「俠」，因為那樣的概念及形象，再也展現不出亂世中「俠」之意義。高蹈又理想性的形象，已無法套用在楊過身上。

對於楊過及小龍女而言，私情勝於所有一切。江湖同時有兩個世界，一邊是國家大事，一邊是兩情相悅，但即使家國有難，楊過、小龍女的眼中仍只有對方。例如大勝關英雄大會上，金庸將這兩條故事線寫在一起。金輪法王引起戰局，正當眾江湖人士一古腦兒爭武林盟主時，縱使天下之大、千人圍觀，楊過與小龍女彼此情意纏綿，一派「我欲愛則愛，我欲喜則喜，又與旁人何干」。三場對戰，金輪法王那一方已勝了一場，對戰間點蒼漁隱所使鐵槳柄斷為兩截，槳片撞到小龍女左腳腳趾，本來師徒倆如與世隔絕般互訴別情，楊過氣憤要找是誰傷了姑姑，這麼打了個岔，搞了一場「季後賽」。

三戰兩勝，金輪法王本應搶得武林盟主寶座，但楊過在言語上又使詐術延長賽事：

楊過道：「今日爭武林盟主，都是徒弟替師父打架，是也不是？……我師父的徒弟你可沒打勝。……咱們也來比三場，你們勝得兩場，我才認老和尚作盟主。若是我勝得兩場，對不起，這武林盟主只好由我師父來當了。」

最後楊過合小龍女之力，將金輪法王、霍都一行人逼退。如此一來，小龍女豈不成了武林盟主？但「過兒，這些人蠻橫得緊，咱們走罷。」小龍女毫不稀罕，更在郭靖當眾將女兒許配楊過時直言：

小龍女搖了搖頭，說道：「我自己要做過兒的妻子，他不會娶你女兒的。」

楊過與小龍女兩人不拘泥世俗禮法，師徒相戀，但不論走到何處，都被視為離經叛道，正如楊過的大聲疾呼：「我做了甚麼事礙著你們了？我又害了誰啦？姑姑教過我武功，可是我偏要他做我妻子。」兩人注定苦戀，經歷生死離別、禮教責難，一路風風雨雨，讓無數讀者讀之泫然。《神鵰俠侶》故事的主軸在於私情比武林或家國更加至上。

06 問世間，情是何物

愛情這條主軸隨著楊過的遭遇，在《神鵰俠侶》中變得越來越重要，金庸是以戲劇性且極端的方式來描寫的。故事寫到楊過、小龍女必須一同修練古墓派《玉女心經》的內功：

小龍女道：「這經上說，練功時全身熱氣蒸騰，須揀空曠無人之處，全身衣服暢開而修習，使得熱氣立時發散，無片刻阻滯，否則轉而鬱積體內，小則重病，大則喪身。」

楊過對小龍女絲毫沒有邪念，並未想到男女有別，而小龍女也對世事一無所知：

本門修練的要旨又端在克制七情六欲，是以師徒二人雖是少年男女，但朝夕相對，一個冷淡，一個恭誠，絕無半點越禮之處。此時談到解衣練功，只覺是個難題而已，亦無他念。

這段敘述延續並翻轉了武俠小說中一個巨大的矛盾，那就是道士及和尚在武俠小說裡的作用。他們不是應該出家遊於方外嗎？為什麼身懷精湛武功，又為什麼常常殺人？

在武俠小說傳統中，本就存在練武的道士與僧人，因為他們較容易摒除世俗雜念，比一般人更能專注於練功。一般而言，少林寺的武學正統形象深入人心，如童子功也是少林寺的秘傳功法。依照傳統武俠敘述，童子功旨在抑制肉體欲望，如果練童子功的僧人與女性發生性行為，所練武功也就破功了。這點對應了中醫的陰陽論。

金庸高明之處在於他翻轉了武俠傳統，改從小龍女身上寫人的七情六欲。首先，男女倒錯，此時是童女要練玉女功；其次，小龍女的武功深淺與肉體並無直接關係，她武功的致命傷是動情。正如古墓派玉女功的要訣：

「少思、少念、少欲、少事、少語、少笑、少愁、少樂、少喜、少怒、少好、少惡。行此十二少，乃養生之都契也。多思則神怠，多念則精散，多欲則智損，多事則形疲，多語則氣促，多笑則肝傷，多愁則心懾，多樂則意溢，多喜則忘錯昏亂，多怒則百脈不定，多好則專迷不治，多惡則焦煎無寧。此十二多不除，喪生之本也。」

金庸又佈局設計了絕情谷斷腸崖的情節，小龍女為了讓楊過願意解毒求活，在斷腸崖石壁上刻下訣別語：「十六年後，在此重會，夫妻情深，勿失信約。」然後縱身躍入深谷。十六年約期一到，楊過苦候小龍女不至，「雙足一登，身子飛起，躍入了深谷之中」。這萬念俱灰下的一躍，讓兩人終於見了面。這個橋段當時在香港引起太勉強、不合理的批評，倪匡也不欣賞十六年後兩人重逢的結局。

但關鍵重點在於金庸要藉此破解「絕情谷」。絕情谷是個什麼地方？地如其名，這座谷是教人棄情絕愛，不能有感情的地方。絕情谷中生長著情花，只要被花枝上的尖刺刺中，便「十二個時辰之內不能動相思之念，否則苦楚難當」。公孫綠萼告訴楊過：

那女郎道：「我爹爹說道：情之為物，本是如此，入口甘甜，回味苦澀，而且遍身是刺，你就算小心萬分，也不免為其所傷。……」

情花之毒如同世間情愛，藉由絕情谷中接連而起的風波，從谷主公孫止欲強娶小龍女、到髮妻裘千尺的復仇，金庸特意以此做對比，凸顯楊龍二人單純又至高的愛，正在於生死許之。情路坎坷，更顯人間至情至愛的珍貴。他們的這份至情至愛，克服了外在的「絕情」環境。

07 感情上的畸人

《神鵰俠侶》中的大多數角色都是感情上的畸人，亦即不曾擁有正常的感情，這也是《神鵰俠侶》與《射鵰英雄傳》最大的差別。讀者很容易理解郭靖與黃蓉之間的感情，這段忠貞不渝的情愛令人感到安心，即使成吉思汗封郭靖為金刀駙馬，華箏心慕郭靖的這段感情插曲，也屬於正常的範疇。

《神鵰俠侶》卻相反，小說主要角色個個有感情上的缺陷：楊過是孤苦伶仃的乞兒，小龍女自小便住在古墓裡，也是無依無靠；郭靖與黃蓉萬般寵愛的長女郭芙，是個無法體會他人痛苦、徹底被寵壞的小孩，也是一個沒有愛人能力的畸人——她不能真心去愛人，才會讓武修文、武敦儒兩兄弟為愛反目；武氏兄弟在決鬥前聲明贏的人要承擔「手報母仇、奉養老父、愛護芙妹」這三件大事，為了爭愛，竟不惜手足相殘、傷透父心，他們也是感情上的畸人。

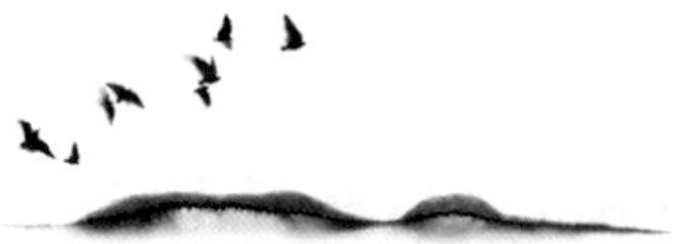

而小說中最極端的感情畸人，應該是王重陽與林朝英，且看金庸怎麼說：

王重陽與林朝英均是武學奇才，原是一對天造地設的佳偶。二人之間，既無或男或女的第三者引起情海波瀾，亦無親友師弟間的仇怨糾葛。王重陽先前尚因專心起義抗金大事，無暇顧及兒女私情，但義師毀敗、枯居石墓，林朝英前來相慰，柔情高義，感人實深，其時已無好事不諧之理，卻仍是落得情天長恨，一個出家做了黃冠，一個在石墓中鬱鬱以終。此中原由，丘處機等弟子固然不知，甚而王林兩人自己亦是難以解說，惟有歸之於「無緣」二字而已。

金庸寫兩人在切磋武學時，情根深種：

卻不知無緣係「果」而非「因」，二人武功既高，自負益甚，每當情苗漸茁，談論武學時的爭競便伴隨而生，始終互不相下，兩人一直至死，爭競之心始終不消。林朝英創出了剋制全真武功的玉女心經，而王重陽不甘服輸，又將九陰真經刻在墓中。只是他自思玉女心經為林朝英自創，自己卻依傍前人的遺書，相較之下，實遜一籌，此後深自謙抑，常常告誡弟子以容讓自克、虛懷養晦之道。

王重陽與林朝英的感情始終無法超越他倆在武學上的競爭，更蔓延為全真派與古墓派之間的恩怨，沒有外在因素干預，卻不能相許相伴，顯然他們心中懷抱比愛情更重要的事情。從這點來看，他們是另一種感情上的畸人。

絕情谷主公孫止與其妻裘千尺，是另一對感情上的畸人，他們像是林朝英與王重陽故事的變形，這個變形卻令人感到心寒。裘千尺武功在公孫止之上，年紀又稍長，既傳授丈夫上乘功夫又事事嚴加管束，是個名副其實的悍妻。公孫止懼內，暗中與一名年輕婢女商議遠走高飛。裘千尺得知後，便以「生死相許」這道難題考驗公孫止。裘千尺將兩人拋入情花叢中，又將解毒丹藥數百枚「絕情丹」浸入砒霜水中，只留下一枚絕情丹，要公孫止「救她還是救自己，你自己拿主意罷」。公孫止沒有通過考驗，一劍刺死婢女，一人獨吞解藥。之後，公孫止無情狠辣地報復裘千尺，乘裘千尺被灌醉昏睡，挑斷其手足筋脈，再丟到萬丈深淵般的石窟之中。

上述這兩對畸人，正好對照著小龍女與楊過之間的深情厚愛。首先，小龍女是楊過的師父，但兩人之間從未有過任何爭競心理；其次，當楊過與小龍女都身中情花毒，公孫綠萼好不容易偷出解藥，楊過當下的反應是先救小龍女，他可以為對方捨棄性命。金庸試圖凸顯《神鵰俠侶》中最動人也最難以置信的內容，就是至死不悔的愛；正因為這樣的愛情故事如此激烈，所以扣人心弦。

金庸寫激烈、絕對的愛情，用意是在政治海嘯來襲時，藉武俠小說保留將被沖刷殆盡、悉數毀滅的可貴事物；至高武學並非最難得，人與人之間的情感才彌足珍貴。

當李莫愁及其徒弟洪凌波潛入古墓，逼迫小龍女交出《玉女心經》時，金庸鋪陳了楊過與小龍女感情的轉捩點。原本小龍女收楊過為徒時，曾指著兩具空石棺，談論生死大事：

> 小龍女說：「我答允孫婆婆要照料你一生一世。我不離開這兒，你自然也在這兒。」楊過……道：「就算你不讓我出去，等你死了，我就出去了。」小龍女道：「我既說要照料你一生一世，就不會比你先死。」楊過道：「為什麼？你年紀比我大啊！」小龍女冷冷的道：「我死之前，自然先殺了你。」

李莫愁闖入古墓，小龍女身受重傷，她反倒想讓楊過獨自逃生。在此危難之際，從來不動真情的小龍女卻兩度想落淚，她執意不願違背師命，叫楊過到墓外放下斷龍石堵死墓門：

> 楊過待巨石落到離地約有二尺之時，突然一招「玉女投梭」，身子如箭一般從這二尺空隙中竄了進去。小龍女一聲驚叫，楊過已站直身子，笑道：「姑姑，你再也趕我不出去啦。」

楊過當初拜小龍女為師，還想著倘若小龍女有一日要殺他，他必會逃走；但是當他們的生命受到威脅時，楊過發覺「我若不能跟你在一起，一生一世也不會快活」，兩人早已情根深種，不惜生死相許。如此，他們的情感就走向了另一個境界。

楊過固然深情，但金庸仍依循傳統武俠小說的慣例，塑造了一個最迷人的男主角。在武俠小說以男性讀者為大宗的年代，他們心理投射的對象必然是這些主角們，或許到處留情，也是所有女人的愛慕對象。金庸也將楊過寫成萬人迷，書中出現的同輩女性——包括陸無雙、程英、公孫綠萼、郭芙、郭襄——全都愛慕著他。但是金庸順著慣例，又寫出很不一樣的典型，楊過喜歡和女孩子調笑，看似油嘴滑舌，其實骨子裡只鍾愛小龍女一人。例如他之所以受到陸無雙吸引，就是因為陸無雙生氣的神情令他想起小龍女，所以他故意去惹得陸無雙發脾氣，想在她的眉目之間一解相思之苦。陸無雙莫名其妙成了小龍女的替身，而他欣賞的女子身上，都有著些許小龍女的影子。反觀陸無雙、程英對楊過的情愫與愛重，部分也源自楊過對小龍女的一往情深。

「生死相許」的另一面，意味著這樣的感情，能做到像武功一樣所向披靡，其威力甚至超越武功。《神鵰俠侶》某些關鍵情節都是「以情制勝」。舉例來說，當楊過眼見李莫愁要傷害小龍女，情急之下，「攔腰抱住了李莫愁」。金庸形容李莫愁的心理感受：

> 她雖出手殘暴，任性橫行，不為習俗所羈，但守身如玉，在江湖上闖蕩多年，仍是處女，斗然間被楊過牢牢抱住，但覺一股男子熱氣從背脊傳到心裏，蕩心動魄，不由得全身酸軟，滿臉通紅，手臂上登時沒了力氣。

照道理講，以李莫愁的武功，她可以輕易擺脫楊過，卻一時之間迷醉於男子的擁抱，被制得不想掙扎。除此之外，絕情谷中，公孫止命令十六名弟子佈漁網陣，想要擒拿楊過。「四張漁網或橫或豎、或平或斜，不斷變換」，楊過眼見就要困於漁網之下：

> 楊過暗叫：「罷了，罷了！落入這賊谷主手中，不知要受何等折辱？」忽聽南邊持網人中有人嬌聲叫道：「啊喲！」楊過回過頭來，只見公孫綠萼摔倒在地，漁網一角軟軟垂下。

楊過得以暫時脫險，並不是以武功取勝，而是比武藝更加重要的「情感」因素。更有甚者，在對戰金輪法王的過程中，楊過與小龍女意外發現，一人使全真劍法，另一人使玉女劍法，可以將「玉女素心劍」發揮出匪夷所思的制敵力量。而這套劍法的精髓，正是要使劍的兩人心意相通、情切眷念，等於是以感情催動的無上劍術。

金庸重視男女情愛，將情愛作用在武俠小說裡抬高到了前所未見的高度。

08 唯「武」不再獨尊

金庸突破傳統武俠小說的寫法，在愛情面前，武林盟主的頭銜可以毫不重要。有人說《神鵰俠侶》就是一本「情書」，改變了武俠小說向來以男性讀者為主流的常態，女性讀者也因之踏入金庸筆下的世界。

與傳統武俠小說相比，金庸小說是不折不扣的「新武俠」。然而，新武俠或許不應該說誕生在香港這個創作環境，不是從梁羽生一路發展而來，而是純粹出自金庸個人的手筆。金庸獨創新武俠，他的「新」非常驚人，徹底影響武俠小說讀者群的閱讀設定及想像。說到類型小說，一定會問：小說為誰而寫？從郭靖、黃蓉的江湖故事，再到楊過、小龍女的愛情故事，武俠小說的讀者群已然改變。如此陽剛的文類，倘若不是金庸，讀者的性別比重怎麼可能會是如今這個樣子？金庸小說迷倒了不少女性讀者，在平江不肖生那個時代，女生哪看什麼武俠小說啊！

金庸小說開始出現女性讀者，等於終結了一部分的武俠小說，因為女性讀者可能不會去讀司馬翎的《焚香論劍篇》、《劍膽琴魂記》，或是東方玉的《東方第一劍》，更遑論武俠小說祖師爺平江不肖生的作品。讀者群結構既然改變，也會影響武俠小說作家對讀者的想像，短時間內將小說主軸迅速轉變，「武技」或許不再是唯一，讀者沉迷的不再只限於江湖本身。從《射鵰英雄傳》到《神鵰俠侶》，閱讀武俠小說的樂趣已經轉移了。

當然，金庸仍然擅長寫武功招數，而且運用更多文學化、個性化的想像。但是看黃蓉或楊過闖蕩江湖，他們的武功施展技巧變得越來越詭詐，這意味著「俠」不僅僅是在拳腳上搏勝負，以腦袋去組織作戰策略更加重要；這正是金庸小說的迷人之處。在《射鵰英雄傳》、《神鵰俠侶》中，涉及武打場面時，金庸很喜歡將主角放在不會贏的那一方，再予以解套。

例如《神鵰俠侶》第十三回〈武林盟主〉，描寫楊過和霍都對戰：

> 二十餘招之後，楊過便即相形見絀。……楊過所使的打狗棒法神妙莫測，本非霍都的扇法掌法之所及，但洪七公所授的只是招數，棒法的口訣秘奧，他甫自黃蓉口中聽到，仗著聰明，才勉強湊合著兩者使用，然要立時之間融會貫

通，施展威力，自是決無此理。再鬥一會，楊過東躲西閃，已難以招架。

眼看楊過十招內就要被敵人打倒，他先是躍到小龍女身旁得她暗助，繼而又得黃蓉出聲指點，最後使出古墓派的美女劍法，又將要落敗：

忽見楊過鐵劍一擺，叫道：「小心！我要放暗器了！」霍都曾用扇中毒釘傷了朱子柳，聽他如此說，只道他的鐵劍就如自己摺扇一般，也是藏有暗器，……見楊過鐵劍對準自己面門指來，急忙向左躍開。卻見楊過左手劍訣引著鐵劍刺到，那裏有甚麼暗器？

楊過連喊了三次「暗器來了」，都只是口頭說說，這正是「狼來了」效應，等到第四次再喊：

霍都罵道：「小……」第二個字尚未出口，驀地裏眼前金光閃動，這一下相距既近，又是在對方數次行詐之後毫沒防備，急忙湧身躍起，只覺腿上微微刺痛，已中了幾枚極細微的暗器。

這場敘事，比武重點已不在拳腳高下，令人拍案叫絕的是楊過用計之巧妙。領略過《射鵰英雄傳》天下五絕高深莫測的武功絕學，再看《神鵰俠侶》，閱讀樂趣已經大不相同。你會仔細看陳家洛施展百花錯拳、看袁承志施展金蛇劍法，但到了《神鵰俠侶》，武打場面外的情節更加精彩，僅僅看楊過怎麼行詐，用各種奇想與詭計扭轉局面，就讓人讀得津津有味。

「武」不再那麼重要，「俠」也是如此。江湖上有一個郭大俠足矣，讀者本來就不預期在楊過身上看到捨生取義的那種「俠」，金庸的「新武俠」其實比想像中更有革命性。

金庸塑造出楊過這個人物，已經完成了武俠小說革命。即使不再唯「武」獨尊，武俠小說這個文類仍然存在，而且讀者愈來愈多。新的讀者涉足武俠世界，於是開啟了下一波武俠盛世。

這一段時期，影劇界紛紛翻拍武俠電影，例如取材自平江不肖生小說《江湖奇俠傳》的電影《火燒紅蓮寺》。為何獨挑「火燒紅蓮寺」為題材一再重拍？或許純粹是因為「女主角」，缺少女主角的電影乏人問津。此時，金庸小說脫穎而出，創下滾雪球般的武俠劇翻拍效應。

本來，武俠小說讀者一貫是「武癡」面目，但金庸筆下的江湖有情癡，令人斷腸銷魂，創造了更多新的讀者。

09 忘記腳下的高峯

金庸一生傳奇，度過了一般人好幾輩子才能經歷的人生，完成了其他人好幾輩子加總起來的事功。

武俠小說家金庸與報人查良鏞的人生同時並行，可回溯至上世紀五〇年代。查良鏞移居香港後，於一九五九年創辦《明報》，並將《明報》從原先的小報經營成為香港首屈一指的大報。查良鏞辦報的野心不止於此，十年內陸續創辦了《明報月刊》、《明報晚報》，以及在華人地區佔有特殊地位的《明報週刊》。這幾個紙媒讓「明報」躍升為報業集團，而且各有不同任務。雖然都在「明報」旗下，《明報月刊》在總編輯胡菊人主持下，堪稱是不折不扣的知識分子型月刊；而《明報週刊》則截然不同，專注於香港日漸發達的電影和電視事業，是以影視明星為主要報導對象的娛樂媒體。

作為報人的查良鏞在香港報業史上佔有十分獨特的地位；而以金庸筆名馳騁報刊連載專欄，更成為首屈一指的武俠小說宗師。將金庸小說劃分成不同階段來看，他每一段巔峯都是其他武俠小說家難以企及的成就。

金庸前兩部起手式作品，突破既有武俠小說傳統，以歷史的春秋筆法，寫出別開生面的武俠小說格局。金庸一起筆，便將歷史小說與武俠小說熔鑄在一起，並且時刻展現超越自我的寫作功力。金庸從不囿於眼前成就，也不重複故事模式，《碧血劍》之後，《射鵰英雄傳》便嘗試了新的寫作路數。

其實從創作《射鵰英雄傳》開始，金庸已經意識到人物角色與江湖世界之間隱而未發的衝突和緊張，何者為真理？何者又是虛妄的存在？金庸在七〇年代重新修訂《神鵰俠侶》時，在〈後記〉中侃侃而談小說主旨：

「神鵰」企圖通過楊過這個角色，抒寫世間禮法習俗對人心靈和行為的拘束。……我們今日認為天經地義的許許多多規矩習俗，數百年後是不是也大有可能被人認為毫無意義呢？

金庸從這個觀點切入，重新思考世俗禮教與至情人性之間的關係，顛覆他在

《射鵰英雄傳》中塑造的「為國為民，俠之大者」的英雄情結。

武俠世界充斥著不合理的現象，諸如飛簷走壁、掌風如刀、內力灌注等，並不符合物理常識，武功招數往往也是虛構的居多。但武俠世界應該要含有虛構以外的事物，作為其核心價值。只是江湖、武林離開了虛構，還能留下什麼？

金庸嘗試在《射鵰英雄傳》中回答這個問題，從人物的性格塑造，凸顯《射鵰英雄傳》的獨特之處。相較於其他武俠小說，《射鵰英雄傳》有兩項重要突破。一是金庸首次嘗試書寫個性極端的迷人角色，如東邪、西毒、南帝、北丐、中神通，這五大絕頂高手第一次華山論劍就迸發出極強的戲劇張力。時逢寒冬歲盡、大雪封山，五絕「口中談論，手上比武，在大雪之中直比了七天七夜」。東邪黃藥師性格乖僻；西毒歐陽鋒是手段兇狠的老毒物；南帝段皇爺慈和寬厚；北丐洪七公向來神龍見首不見尾；中神通王重陽癡武甚於情愛。五絕個性鮮明，所以讀者不會單以武功去分辨他們，更多時候是以性格特徵。

容我再強調一次，金庸不斷地突破自我。他十分明白群雄爭鬥這些情節可以吸引讀者，但這些並非現實而是虛構，也就容易被人遺忘；而那些與真實人生相應的人性與哲理，在戲劇性的描繪下反而更深入人心。《射鵰英雄傳》之後，金庸已經成功補足以往武俠小說最弱的一環——往前推溯，無論是還珠樓主、白羽，甚至平江不肖生，他們的武俠作品普遍存在一個問題——缺乏角色塑造。唯有少數作家，例如王度廬，能夠在角色形象上有較多著墨。

金庸捨棄了純粹以江湖恩怨為主軸的敘事，從《射鵰英雄傳》開始，形成以人物性格推動故事情節的寫作模式。到了《神鵰俠侶》，更進一步發展「人物性格的可能性」，就像〈後記〉所說：

> 道德規範、行為準則、風俗習慣等等社會的行為模式，經常隨著時代而改變，然而人的性格和感情，變動卻十分緩慢。三千年前「詩經」中的歡悅、哀傷、懷念、悲苦，與今日人們的感情仍是並無重大分別。我個人始終覺得，在小說中，人的性格和感情，比社會意義具有更大的重要性。

《射鵰英雄傳》不僅在敘事上有所突破，還塑造出武俠小說從未出現過的角色——黃蓉。這個角色象徵兩種潮流，首先是女性角色被重新書寫。女性在過去是「俠」的對立面，或是「俠」的依附，但在小說裡，黃蓉所流露出「俠」的特質與本事甚至高過郭靖，而且黃蓉根本不屑成為「俠」。

黃蓉的人格特質承襲她的父親黃藥師。桃花島主無視世俗禮教，是個「正中帶有七分邪，邪中帶有三分正」的俠。於是在武俠正統之外，金庸提出了「俠」的另類性。試問：武俠小說裡最重要的人物就是「俠」嗎？「俠」本該至高無上，否則就失去讀武俠小說的意義？以往的讀者，首要的閱讀興趣是在江湖中尋找「俠」的蹤影；就這點而言，《射鵰英雄傳》顯現出曖昧性。這部小說的第一主角是郭靖，但這個角色並未能主導小說的情節發展，而是出現了比郭靖更加吸引讀者目光的角色——黃蓉，讓小說情節趣味橫生。黃蓉的來歷也促使我們思考：何謂「俠」或「武俠」？「武俠」是否存在其他可能性？

武俠小說源於小傳統，最早可追溯至說書人、講史者所講述的民間傳說，經過宋代話本及明清章回小說作者加以踵事增華，清朝中葉至後期則大量出現以俠客、義士為核心的俠義小說。部分唐傳奇、《水滸傳》、《三俠五義》皆沿襲民間信仰及庶民文化，其中不曾出現過大傳統，即使內含詩詞，都只是說書人用來當作道德教訓的警語。但是藉由書寫黃蓉，金庸刻畫了新武俠小說人物的立體形象，融入武俠小說以往從未出現過的大傳統架構。也就是說，金庸將中國近世——宋代以來的文人文化——移植進武俠小說中。

《射鵰英雄傳》延續《書劍恩仇錄》、《碧血劍》，書寫帝王或與帝王命運休戚相關的歷史主題，因此原本是以成吉思汗為傳奇核心，只是故事開展之後，成吉思汗的存在感就和乾隆（《書劍恩仇錄》）、崇禎（《碧血劍》）截然不同。成吉思汗的歷史成分被淡化了，其地位遠遠不及東邪西毒南帝北丐重要。

走出歷史的局限，金庸在這條寫作路數上走得十分過癮，決定續寫第二次華山論劍之後郭靖和黃蓉闖蕩江湖的故事。郭靖、黃蓉夫婦鎮守襄陽城期間，不僅成為武林盟主，更讓晚年淫奢無度的宋理宗朝廷苟延殘喘了十幾年；或許這是原本《神鵰俠侶》的故事架構，等到真正開始寫作，金庸又會構思出別出心裁的小說情節，偏離原先的故事梗概。

繼糅合武俠小說與歷史小說之後，金庸又一次突破武俠正統，讓赤練仙子李莫愁這個角色背負新的武林情仇，增添了通俗羅曼史小說的元素寫出羅曼史小說都難以刻畫的經典愛情。《神鵰俠侶》整部小說都圍繞在「直教生死相許」的各種愛情面貌之中，幾乎所有關鍵角色都逃離不了其羅網。書中唯一不受困於愛情這座圍城的角色，大概只有金輪法王了。

在《神鵰俠侶》中，金庸渲染人生當中的死生契闊，甚至塑造出郭芙這個不合理的角色。整部小說顛覆了以往涇渭分明的正邪之分。譬如金輪法王座下二弟子達爾巴，個性就很憨厚，在〈武林盟主〉那一回，楊過用心記下達爾巴所講藏語：

> 楊過……便依樣葫蘆的用藏語說道：「我師父是金輪法王。我又不是小孩子，你該叫我大和尚。」……
> 西藏喇嘛教中向來有轉世輪迴之說，……此時達爾巴聽了這番言語，只道楊過真是大師兄轉世，……向他凝視片刻，越想越像，突然拋下金剛杵，向楊過低頭膜拜，連稱：「大師兄，師弟達爾巴參見。」

他內心對已逝的大師兄實含有深厚感情。不似達爾巴的魯直，在書中犯下最多罪行的郭芙，卻不能將她歸類為反派人物，因為她站在武林正道這一方。郭芙作為頻頻惹事之人，隱含著一個道德教訓——郭芙之壞，因為她是個被寵壞的小孩。

> 她自幼處於順境，旁人瞧在她父母份上，事事趨奉容讓，因此她一向只想到自己，絕少為旁人打算……

因此她會闖下比惡意更加可怕的禍事。楊過斷臂就是拜她所賜，這時更錯中將兩枚冰魄銀針射向正在運功驅毒的小龍女與楊過身上：

她哪知小龍女身中這枚銀針之時，恰當體內毒質正要順著內息流出，突然受到如此劇烈的一刺，五毒神掌上的毒質盡數倒流，侵入周身諸處大穴，這麼一來，縱有靈芝仙丹，也已無法解救。

這個被寵壞的小孩脾氣暴躁、行事魯莽，又驕縱蠻橫，成為武林中另類的害人之惡。

小說結尾前，金庸特意為郭芙犯下的所有過失做出解釋。當楊過在亂軍之中救了郭芙丈夫耶律齊的性命之後，戰場上殺聲震天，郭芙卻突然領悟：

郭芙一呆，兒時的種種往事，剎時之間如電光石火般在心頭一閃而過：「我難道討厭他麼？當真恨他麼？武氏兄弟一直拚命的想討我歡喜，可是他卻從來不理我。只要他稍為順著我一點兒，我便為他死了，也所甘願。我為甚麼老是這般沒來由的恨他？只因為我暗暗想著他，念著他，但他竟沒半點將我放在心上？」

直到此刻，她才明白自己二十年來的心事，她一生之中什麼都不缺，最大的遺憾就是無法得到楊過的愛。這段情節化解了小說前半部郭芙與楊過之間的心結，郭芙也為自己以往之非找到了緣由。

郭芙是個徹底被寵壞的小孩，她第一次見到楊過，就歧視他是個「小叫花子」；但小說來到結尾，這些嫌隙突然之間全都不算數了，楊過甚至說：

> 楊過急忙還禮，說道：「芙妹，咱倆從小一起長大，雖然常鬧別扭，其實情若兄妹。只要你此後不再討厭我、恨我，我就心滿意足了。」

郭芙在情感上的頓悟，反映出《神鵰俠侶》的特別之處，也就是江湖之中包藏了羅曼史般的愛情現象，「武」和「俠」不再是唯一主題。

感情挫折如排山倒海而來時，人的行為容易脫離常軌，江湖的禍端往往源自情關上的劫難，女魔頭李莫愁率先發動血雨腥風；武三通的家庭悲劇、陸家莊的滅門之災，全都起自「為情所困」。《神鵰俠侶》中一段又一段愛情偏差的故事，逼著你直視人生最難過的關。當書中角色都不免墜入情障，郭芙也無法置身事外，在最後悔悟她情感上的遺憾。

《神鵰俠侶》中的恩怨情仇都源自感情的糾葛，藉由情癡這個主題，金庸又將

武俠小說提升至另一個境界，革新武俠小說的寫作藝術。

《射鵰英雄傳》雖然以郭靖、黃蓉為核心去推動小說情節，但其他關鍵角色諸如天下五絕，也同樣令人印象深刻。到了《神鵰俠侶》，閱讀效果則截然不同，由主角楊過貫穿了所有江湖故事，他涉及每一個關鍵事件，他的性格、身世和作為也牽動了整個江湖局勢。由此觀之，《神鵰俠侶》可說是單一主角小說；敘事圍繞著楊過，延伸至小龍女、程英、陸無雙及郭襄等角色。小說大篇幅描寫楊過的成長歷程，為了避免閱讀疲乏，金庸在小說四分之三處構思了感情大高潮，將所有懸念設置在絕情谷斷腸崖。此時楊過身中情花劇毒，非死不可，小龍女丹田內臟積聚冰魄銀針之毒，也必死無疑，這對命運多舛的愛侶在結為夫妻後，走到生離死別的人生關卡。為了等待小龍女定下的十六年之約，楊過服下斷腸草，解了情花毒。

小說敘事沒有停留在這段高潮情節，原來小龍女留下「十六年後，在此重會，夫妻情深，勿失信約」這行文字便埋下了伏筆：小龍女真的死了？楊過與小龍女是否還會重逢？小說敘事最鬆散的部分，也在於楊過這十六年間的過渡與遭遇，幸而金庸以郭襄為橋樑，連結到《倚天屠龍記》故事。楊過變成了神鵰大俠，幾乎任何事都難不倒他，十六年約期未到之前，一切都是懸念，戲劇張力難免減弱，這正是單一主角為敘事主體的棘手之處。還好有楊過為郭襄「獻禮祝壽」這一段，依然吸引著讀者目光。

到了創作後期，金庸筆鋒一轉，寫出了前後有兩百多個角色的《天龍八部》，和《鹿鼎記》一樣，是金庸作品中篇幅最長的小說。《天龍八部》就是一個多重中心的敘事結構，不存在單一主角，無論是蕭峯、段譽或虛竹，都有各自的人生際遇，然後形成了一個網絡，將書中所有人物編結起來，這是金庸另一個寫作上的突破。

《天龍八部》、《笑傲江湖》之後，金庸持續琢磨寫作技藝，直到他的最後一部武俠作品——《鹿鼎記》，成為武俠小說史上既不可思議又無可取代的顛覆之作。《鹿鼎記》作為金庸封筆之作，絕對有其特殊意義——以更極致的歷史小說敘事手法，刻畫一個非武非俠、亦武亦俠的江湖廟堂。

《鹿鼎記》將小說背景設定在康熙朝，刻意讓主角韋小寶攙和進康熙朝的三大歷史事件。一是康熙擊殺鰲拜，金庸引《清史稿．聖祖本紀》中「上久悉鰲拜專橫亂政，特慮其多力難制，乃選侍衛、拜唐阿年少有力者為撲擊之戲」描述，在小說中改寫為康熙與「小桂子」韋小寶合力設局擒拿住鰲拜；二是康熙平定吳三桂的三藩之亂，也歸功於韋小寶；三是大清帝國與羅剎國（俄羅斯）簽訂劃界定疆的《尼布楚條約》，也是靠著韋小寶的機智滑頭而「大功告成」。

金庸一面構思符合史實的小說情節，同時在歷史的縫隙當中虛構小說故事，這種春秋筆法不只考驗小說家的史學智識，也考驗小說家如何佈局虛構的敘事空間。這是何等的企圖，何等的野心！

金庸基本上就是一路這樣創作他的武俠小說，寫完一部到達了一座高峯，他就把這座高峯忘掉，再去爬另外一座高峯。在這件事情上，沒有人像金庸。我們要看到這樣的金庸，才能瞭解金庸所有小說之間彼此的關連。

曾經江湖：金庸，爲武俠小說而生的人 / 楊照
著. --初版. --臺北市：遠流, 2024.03
面；　公分--（金庸的武林；1）
ISBN 978-626-361-489-5(平裝)

1.CST：金庸 2.CST：武俠小說 3.CST：文學評論

857.9　　113000918

金庸的武林 1

曾經江湖

金庸，為武俠小說而生的人

作者 / 楊照
封面繪圖 / 李志清

副總編輯 / 鄭祥琳
美術設計 / 張巖
排版 / 連紫吟、曹任華
行銷企劃 / 廖宏霖
出版一部總編輯暨總監 / 王明雪

發行人 / 王榮文
出版發行 / 遠流出版事業股份有限公司
地址 / 104005 臺北市中山北路一段11號13樓
電話 / (02)2571-0297　傳眞 / (02)2571-0197　郵撥 / 0189456-1
著作權顧問 / 蕭雄淋律師

2024年3月 1 日 初版一刷
2024年5月10日 初版三刷
定價 / 新臺幣380元 (缺頁或破損的書，請寄回更換)
有著作權 · 侵害必究　Printed in Taiwan
ISBN 978-626-361-489-5

遠流博識網 http://www.ylib.com E-mail: ylib@ylib.com
金庸茶館粉絲團 https://www.facebook.com/jinyongteahouse